川柳公論叢書
第５輯　②

川柳家のための

# 誹諧武玉川

## 初編



新葉館出版

# はじめに

十六代　尾藤川柳

令和三年五月八日は、慶紀逸翁《けいきいつ》二百六十回忌である。

紀逸翁は、川柳家である我々にとって『誹風柳多留《はいふうやなぎだる》』の手本となった『誹諧武玉川《はいかいむたまがわ》』の編者であり、江戸座（其角座とも）の俳諧指導者の一人として、都会的な作風への機運を導いた人である。

『誹諧武玉川』の中には、川柳の発想の原型がすでに多く見られ、私ども川柳家は、川柳の原点『誹風柳多留』とともに『誹諧武玉川』を座右の書として親しんできた。

極端な先輩柳人の中には、『誹諧武玉川』を川柳だと思っていらした方もいた。それほど身近な存在であった。

2012年、「慶紀逸250年」という行事を行ったのは、川柳に先立ち、川柳という文化発生に大きな影響を与えた紀逸翁を偲び顕彰するための行事であった。

「十年一日」という言葉があるが、あの日に講演した尾藤三柳も十七字・十四字混題の選をされた十五世脇屋川柳師も彼岸の人となってしまった。

川柳という文化を語る上で外すことのできない慶紀逸翁と『誹諧武玉川』へのありがたい絆の余慶を思い、同書初編発行から二七〇年、紀逸翁二百六十回忌の節目に川柳と紀逸翁の絆をさらに結ぶ一書としてスポットを当てたいと思う。

令和三年五月　紀逸翁二百六十回忌の日に　櫻木庵にて

もくじ

武玉川初編概要

題　簽：武玉川

奥　付：誹諧武玉川

刊行年：寛延3年10月

（1750年）

編　者：四時庵紀逸

版　元：松葉軒　萬屋清兵衛

江戸・通本町三丁目

体　裁：小型本・43丁

（約15.7×11.2㎝）

1丁18句

點譜　硯田舎紀逸

主壽昌　廿五点

四時望樓　廿、

冬嶺秀孤松　十五、

秋月明輝　十、

夏雲峯　七、

春水　五、

雁字　三、　屯　二、

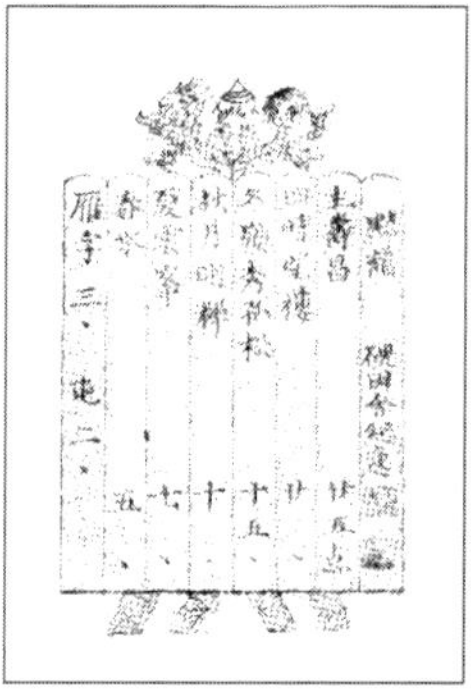

慶紀逸の点印（初編）

点印とは、俳諧の宗匠が、作品に評点を与える際に用いた印。

紀逸も高点から順に数種類を使い、何年かに一度更新している。初編の点印はその当初の物である。

抑我家の誹諧ハ神風や伊勢の荒木田守武天文の比連綿の一巻をなしてより守武千句山崎の宗鑑　洛の松永貞徳　時代同ふして此道の式目を沙汰し定めて誹諧御傘ます〳〵風流盛んに成ぬ　望一　立甫　重頼　西武なと都の手ふりともてなし侍る　安原貞室　乾貞汝　花のもとを相承して　是より都鄙の誹諧應永の連歌に加へたり　江都に玄札　徳元堺に慶友　難波に宗因　連歌の家を出て

〈意訳〉

そもそも我家の誹諧《はいかい》は、神風や伊勢の荒木田守武が天文の比《ころ》に連綿《れんめん》の『守武千句』の一巻をなしてより山崎の宗鑑《そうかん》、洛の松永貞徳、時代同じうしてこの道の式目を沙汰し『誹諧御傘』に定めてますます風流盛んになりぬ。望一、立甫、重頼、西武など都の手ぶりと持て成し侍る。安原貞室、乾貞汝、花のもとを相承して是より都鄙の誹諧、応永の連歌に加えたり。江都に玄札、徳元、堺に慶友、難波に宗因、連歌の家を出て

古風の姿情を勘破し　天地の間に独歩す
その比世に普く宗因風とて一儀にわたりぬ
門人西鶴　由平両翼として　その鉄塔を継り
後大坂談林と号す　燕都の松意　此翁を
むかへて　江戸談林を造立し　十百員をなす
此時猶都鄙一統して風儀談林を出す　洛
の高政　江戸談林に対して　惣本寺の名有
是より誹諧乱れそめて　漢字を拾ひ　詩
のことく作りなし又ハ文字余り等おのれ

古風の姿情を勘破し、天地の間に独歩す。その頃世に普く宗因風とて一儀にわたりぬ。門人西鶴、由平両翼として、その鉄塔を継り、後大坂談林と号す。燕都（江戸）の松意、この翁を迎えて、江戸談林を造立し、十百員をなす。この時、なお都鄙一統して風儀談林を出す。洛の高政、江戸の談林に対して惣本寺の名有り。是より誹諧乱れ初めて漢字を拾い詩の如く作りなし、または文字余り等おのれを立て新製に誇りしかハ此時談林の作者退廃して正風世に行るゝ時となりぬ　貞徳老後の門人北村拾穂軒季吟その門芭蕉翁桃青初めて貫之　躬恒の本情をさとし李伯《ママ》杜子美か骨随《ママ》を得られてより此道の正風に眼を開て冬の日春の日中興の開祖となり正風の翁と世挙て称し侍る　門中其角　嵐雪を始として　京師に名高く村鄙にしらるゝ人許幾たり　滅時元録《ママ》の昔より今に至て

を立て新製に誇りしかば、この時談林の作者退廃して正風世に行わるる時となりぬ。貞徳老後の門人北村拾穂軒季吟、その門芭蕉翁桃青、初めて貫之、躬恒の本情をさとし、李白、杜子美が骨髄を得られてよりこの道の正風に眼を開きて『冬の日春の日』中興の開祖となり正風の翁と世挙て称し侍る。門中其角、嵐雪を始として京師に名高く村鄙に知らるる人許幾たり。滅時元禄の昔より今に至て

世に行るゝ所の誹諧　此翁の風情を出てす
されとも世うつり人かわりて年々変化なきにしもあらす　晋子雪中の後　水間沾徳花美の風流を聞そめて世上一判の師と光彩門戸に至りぬ　続て沾洲道に名を鳴らし今両側の門人立並ひて　をのれをはけみ道の警固をなす　誹諧諸国に盛ん也　中にも江府ハその湊として万舩此地をさして入れハ遠境村里江都の風

世に行わるる所の誹諧、この翁の風情を出《い》でず。されども世移り、人代わりて年々変化なきにしもあらず。晋子雪中の後、水間沾徳、花美の風流を聞き初めて世上一判の師と光彩門戸に至りぬ。続いて沾洲、道に名を鳴らし、今両側の門人立ち並びて己をはげみ、道の警固をなす。誹諧諸国に盛ん也。中にも江府（江戸）は、その湊として万船この地をさして入れば、遠境村里江都の風

流にたかハす　㒵を以て流行を極る事明らか也　されハ日々愚判の巻々　秀逸とする句々書留め置侍るを此度書肆の需に應して梓に行侍る　右付合の句々その前句を添侍るへき所を事繁けれハこれを略す　見る人心に斗りて知らるへきにや又風情さのみ轉せすして㒵位のわかち有事は三句のわたり　或ハ付合の倚所紛骨成を以て　その程々を分ち侍るのみ也　只

流にたがわず。点を以て流行を極める事明らか也。されば、日々愚判の巻々、秀逸とする句々書留め置き侍るを、此度、書肆の需めに応じて梓に行い侍る。右付合の句々、その前句を添え侍るべき所を、事繁ければこれを略す。見る人心にはかりて知らるべきにや。また風情、さのみ転ぜずして点位のわかち有事は、三句のわたり、或は付合の倚所紛骨成を以て、その程々を分ち侍るのみ也。只

道の盛りさかんに玉川の水筋千〱に連りて万客の朱唇を潤すか如くならんと目して武玉川としか申侍る

東武誹林　四時庵紀逸撰 

社中　蘭堂長宇書 

道の盛りさかんに、玉川の水筋、千々に連なりて、万客の朱唇を潤すが如くならんと目して、武玉川としか申し侍る。

初オ

冬嶺之部

納豆に抱れて寝たる梅の花
夕立に思ひ切たる舟のうち
嘘をつけとの大三十日来
祭か済てもとの明店
冬籠独口利く唐本屋
取分て鞠ハ男のよいか能
雫の伝ふさほ鹿の角
放れ馬跡の女に桜の香

---

冬嶺之部

納豆《なっとう》に抱《だか》れて寝《ね》たる梅の花《はな》
夕立《ゆうだち》に思い切《きり》たる舟《ふね》のうち
嘘《うそ》をつけとの大三十日《おおみそか》来《くる》
祭《まつり》が済《す》んでもとの明店《あきだな》
冬籠《ふゆごも》り独《ひと》り口利《き》く唐本屋《からほんや》
取分《とりわけ》て鞠は男のよいが能《よい》
雫《しずく》の伝《つた》う小牡鹿《さおじか》の角《つの》
放《はな》れ馬跡《ごまあと》の女《おんな》に桜の香《か》

二人してたけた娘を打詠
四谷から目黒の間を哥枕
犬張子二見にわかれ雲の峰
取付安い顔へ相談
梦て居る子を入れる誓文
入もせぬ声の能く成寒念仏
取揚婆々をしらぬ追分
物忘れあしな所を横に見
神輿洗つて辷る拝殿

初ウ

二人《ふたり》して長《た》けた娘《むすめ》を打《う》ち詠《なが》め
四谷《よつや》から目黒の間《あい》を哥枕《うたまくら》
犬張子《いぬはりこ》二見《ふたみ》にわかれ雲の峰《みね》
取《と》り付《つ》き安《やす》い顔《かお》へ相談《そうだん》
梦《ゆめ》で居《い》る子を入れる誓文《せいもん》
入《いり》もせぬ声の能《よ》く成寒念仏《なるかんねぶつ》
取揚婆々《とりあげばば》をしらぬ追分《おいわけ》
物忘《ものわす》れあじな所《ところ》を横に見る
神輿《みこし》洗って辷《すべ》る拝殿《はいでん》

二オ

関二ツ有ともしらす出来心
目へ乳をさす引越の中
夜ハ蛍にとほされる艸
正直に大工の通ふ寶寺
舞台から飛を傘屋ハ觸歩行
丈ィくらへ手を和らかに提て居
昼ハたはけな陸奥の玉河
宵の謠の通る寒聲
皿砂鉢慾ハなけれとあふなかり

---

関二《ふた》つ有《ある》ともしらず出来心《できごころ》
目へ乳《ちち》をさす引越《ひっこし》の中《うち》
夜《よる》は蛍《ほたる》にとぼされる艸《くさ》
正直《しょうじき》に大工《だいく》の通《かよ》う寶寺《たからでら》
舞台《ぶたい》から飛《とぶ》を傘屋《かさや》は觸歩行《ふれあるき》
丈《せい》くらべ手を和《やわ》らかに提《さげ》て居《いる》
昼はたわけな陸奥《むつ》の玉河《たまがわ》
宵《よい》の謠《うたい》の通《とお》る寒声《かんごえ》
皿砂鉢《さらさばち》慾はなければあぶながり

毛見の艸履に二人取つく
説経の上手か嶋に生キて居
相図にするをしらぬ看経
柏もらいの下手な木登リ
智恵のない顔か揃て扣キ鉦
家内の留守をねろう鶏飯
売喰の丁子頭ハ無念なり
尋て歩行穴蔵の声
記念届けて元の奉公

二七

---

毛見《けみ》の草履《ぞうり》に二人《ふたり》取りつく
説経《せっきょう》の上手《じょうず》が嶋《しま》に生きて居《い》る
相図《あいず》にするを知らぬ看経《かんきん》
柏《かしわ》もらいの下手《へた》な木登り
智恵《ちえ》のない顔《かお》が揃《そろ》って扣《たた》き鉦《がね》
家内《かない》の留守《るす》をねろう鶏飯《けいはん》
売喰《うりぐい》の丁子頭《ちょうじがしら》は無念《むねん》なり
尋《たず》ねて歩行《ありく》穴蔵《あなぐら》の声《こえ》
記念《かたみ》届けて元《もと》の奉公《ほうこう》

三オ

古骨買の辛崎へゆく
低く言高く笑ハおもしろき
勘当させた挑灯の施主
朝皃の思ひ直して二ツ三ツ
四月の紺屋立波にあく
不食の給仕飛石を行
鳶まてハ見る浪人の夢
貴人の方へ曲る罔両
鰒ハいやかとたつた一筆

古骨買《ふるぼねかい》の辛崎《からさき》へゆく
低く言い高く笑うは面白《おもしろ》き
勘当《かんどう》させた挑灯《ちょうちん》の施主《せしゅ》
朝顔《あさがお》の思い直して二つ三つ
四月《しがつ》の紺屋立波《こうやたつなみ》にあく
不食《ふしょく》の給仕飛石《とびいし》を行《ゆ》く
鳶《とび》までは見る浪人《ろうにん》の夢《ゆめ》
貴人《きじん》の方へ曲《ま》がる罔両《もうりょう》
鰒《ふぐ》はいやかとたった一筆《いっぴつ》

六月しれる娵の身代
耻かしい目に嶋台を能覚
三めくりは蛙の聲に煙立
掃下を段〱逃て棚の下
合羽に尖る舟の若党
夜討の跡にけいせいの帯
羽衣を鮮い手て皺にする
雪駄てハ通りかねたる三日の原
門松の穴も心の置所

三ウ

六月《ろくがつ》知れる娵《よめ》の身代
恥《はず》かしい目に嶋台《しまだい》を能《よ》く覚《おぼ》え
三囲《みめぐり》は蛙《かえる》の声に煙立《けむりたち》
掃《は》く下を段々《だんだん》逃《に》げて棚《だな》の下《した》
合羽《かっぱ》に尖《とが》る舟《ふね》の若党《わかとう》
夜討《ようち》の跡《あと》に傾城《けいせい》の帯《おび》
羽衣《はごろも》を 鮮《なまぐさ》い手《て》で皺《しわ》にする
雪駄《せった》では通《とお》りかねたる三日《みか》の原《はら》
門松《かどまつ》の穴《あな》も心《こころ》の置所《おきどころ》

四オ

眼薬の貝も淋しき置ところ
後家て目を突く今の角丁
夜のめかりに借金を逃
利口になつて飛ぬ清水
梟に昼中くらき十二神
一日の機嫌も帯の〆こゝろ
峠の宿の浅い居風呂
おとりが済て人くさい風
白鷺のひたるいうちハ水鏡

---

眼薬《めぐすり》の貝《かい》も淋《さみ》しき置《おき》どころ
後家《ごけ》で目を突く今の角丁《すみちょう》
夜《よる》のめかりに借金《しゃっきん》を逃《にげ》
利口《りこう》になって飛《とば》ぬ清水《きよみず》
梟《ふくろう》に昼中《ひるなか》くらき十二神《じゅうにしん》
一日《いちにち》の機嫌《きげん》も帯の〆《しめ》ごころ
峠《とうげ》の宿《やど》の浅《あさ》い居風呂《すえぶろ》
踊《おど》りが済《す》んで人《ひと》くさい風《かぜ》
白鷺《しらさぎ》のひだるいうちは水鏡《みずかがみ》

宿下の侭て雪駄ハ干からひる
面打を呼ふ一世一代
台笠振つて這入る出女
淋しい舟の五十嵐へ着く
正直に独つゝ寐るたから船
今出た海士のあらい鼻息
能い頃を鶉の起す艸枕
間夫の命拾ふて蚊に喰れ
棒を潜つて供へ茶を出す

ヨウ

宿下《やどおり》の侭《まま》で雪駄《せった》は干《ひ》からびる
面打《めんう》ちを呼《よ》ぶ一世一代《いっせいちだい》
台笠《だいがさ》振《ふ》って這《は》入《い》る出女《でおんな》
淋《さみ》しい舟の五十嵐《いがらし》へ着《つ》く
正直《しょうじき》に独《ひと》りずつ寝《ね》るたから船
今出た海士《あま》のあらい鼻息《はないき》
能《よ》い頃《ころ》を鶉《うずら》の起《おこ》す艸枕《くさまくら》
間夫《まおとこ》の命拾《いのちひろ》うて蚊に喰《くわ》れ
棒《ぼう》を潜《くぐ》って供《とも》へ茶《ちゃ》を出す

五オ

夜のしまひもはやい斎日
草も輪に成て涼しき御祓川
旅衣脊中へ蝶を浴て行
枩脂匂ふ清見寺前
ちら〱と池の蛙のうしろ紐
子をまたくらへはさむ中剃
盃出して伯父をしつめる
藪入の物あり皃な銭を買
我一生とおもふ河越

---

夜《よる》のしまいもはやい斎日《さいにち》
草も輪に成って涼しき御祓川《みそぎがわ》
旅衣《たびごろも》背中へ蝶《ちょう》を浴《あ》びて行《ゆ》き
松脂匂《まつやににお》う清見寺《せいけんじ》前
ちらちらと池の蛙《かわず》のうしろ紐《ひも》
子《こ》をまたぐらへはさむ中剃《なかぞり》
盃《さかずき》出して伯父《おじ》をしずめる
藪入《やぶいり》の物あり顔《かお》な銭を買い
我一生《われいっしょう》とおもう河越《かわごえ》

牡丹に馬鹿の狂ふ身代
十九か過てやりはなし也
湯立をうめて通るむら雨
順見のもたれ懸ハまつの風
買人を突付て見るいもり売
四月八日ありかたい日ハ暮にけり
鳴らして捨る葉に残る月
黒木のうへの初雪を喰ふ
飛騨の工もやはり切筆

五ウ

---

牡丹《ぼたん》に馬鹿《ばか》の狂《くる》う身代《しんだい》
十九《じゅうく》が過《すぎ》てやりはなし也《なり》
湯立《ゆだて》をうめて通るむら雨《さめ》
順見《じゅんけん》のもたれ懸《かかり》はまつの風
買人《かうひと》を突付《つきつけ》て見るいもり売《うり》
四月八日ありがたい日は暮にけり
鳴らして捨《すて》る葉に残る月
黒木《くろき》のうえの初雪《はつゆき》を喰《く》う
飛騨《ひだ》の工《たくみ》もやはり切筆《きれふで》

六オ

たはこ入家内へ隠す松の内
柴の戸を大根て扣く霜の花
足の淋しき下馬の六尺
御端下まてハ行かぬからかさ
呑喰も四十と言ふか先へ立
雪ころはしへ登る垣間見
うき世ハあしに着なす上下
鴛の除け物になる雲のみね
衣紋坂出家の提る土大根

たばこ入家内《いれかない》へ隠す松《まつ》の内《うち》
柴《しば》の戸を大根《だいこ》て扣《たた》く霜の花《はな》
足《あし》の淋しき下馬《げば》の六尺《ろくしゃく》
御端下《おはした》までは行かぬ唐傘《からかさ》
呑喰《のみくい》も四十《しじゅう》と言うが先へ立《たち》
雪《ゆき》ころばしへ登る垣間見《かいまみ》
うき世《よ》はあじに着なす上下《かみしも》
鴛《おしどり》の除《の》け物になる雲のみね
衣紋坂出家《えもんざかしゅつけ》の提《さげ》る土大根《つちだいこ》

湯舟の煙黒い六月
付さしを渡すと直にあちら向
夜の雪駄のひゝく木からし
秋風に山伏のうつ火かこほれ
薬にも毒にもならす年男
情しらすの筑波見て居
ひつしやりと被つふれる山颪
三人寄れハ毒な夕くれ
合点て居てもあふない暖〆鳥

六ウ

---

湯舟《ゆぶね》の煙《けむり》黒い六月《ろくがつ》
付《つけ》さしを渡《わた》すと直《すぐ》にあちら向《むき》
夜《よる》の雪駄《せった》のひびく木《こ》がらし
秋風に山伏《やまぶし》のうつ火がこぼれ
薬にも毒にもならず年男《としおとこ》
情《なさけ》しらずの筑波《つくば》見て居《いる》
ひっしゃりと被《かぶり》つぶれる山颪《やまおろし》
三人寄れば毒《どく》な夕暮《ゆうぐれ》
合点《がってん》で居《い》てもあぶない暖鳥《ぬくめどり》

七オ

安弔ヒの蓮の明ほの
雀子の可愛かられて逃て行
折ふしハ棒も降也さくら狩
淋しい茶屋のしれるかやり火
志賀ハ小言の種にそ有ける
捨ものにして抱ついて見る
居風呂へ明てハかへる松の風
銭ほとに盛あてかふさくら艸
うまい事書た文見る鼠の巣

---

安弔《やすとむら》いの蓮《はす》の明《あけ》ぼの
雀子《すずめご》の可愛《かわい》がられて逃《にげ》て行《ゆき》
折《おり》ふしは棒《ぼう》も降也《ふるなり》さくら狩《がり》
淋しい茶屋《ちゃや》のしれる蚊《か》やり火《び》
志賀《しが》は小言《こごと》の種《しゅ》にぞ有《あり》ける
捨《すて》ものにして抱《だき》ついて見る
居風呂《すえぶろ》へ明《あけ》てはかえる松の風
銭《ぜに》ほどに盛《もって》あてがうさくら艸《そう》
うまい事書《かい》た文《ふみ》見る鼠《ねずみ》の巣《す》

山帰来干す辻番のうら
狐に恋を見せて化され
鎧を着ると側の巻物
千鳥をハ鷺にして置遠めかね
水かねを吝く振出す鏡研
前巾着に枕する猫
蛍の先へ間に合ぬ傘
湯立の通リはやる振出し
声きへて笠を名残の桧原

七ウ

---

山帰来《さんきらい》干す辻番《つじばん》のうら
狐《きつね》に恋《こい》を見せて化《ばか》され
鎧《よろい》を着《き》ると側《そば》の巻物《まきもの》
千鳥《ちどり》をば鷺《さぎ》にして置遠《おくとお》めがね
水銀《みずがね》を吝《しわ》く振出《ふりだ》す鏡研《かがみとぎ》
前巾着《まえきんちゃく》に枕《まくら》する猫《ねこ》
蛍《ほたる》の先《さき》へ間《ま》に合《あ》わぬ傘《かさ》
湯立《ゆだて》の通《とお》りはやる振出《ふりだ》し
声きえて笠《かさ》を名残《なごり》の桧原《ひのきはら》

世ハからくりの福寿草咲く
凡夫さかむに猪牙へすハしり
住居の智恵ハ越てから出
外科ハその名も付す別るゝ
首さへ出れハ窓の通ひ路
暑き日に娘ひとりの置所
青い葉ハ律儀にしらぬ立田姫
鐘つきに引はなさるゝうしろ神
張合のなき盃ハさし向ひ

世《よ》はからくりの福寿草《ふくじゅそう》咲く
凡夫《ぼんぷ》盛んに猪牙《ちょき》へすばしり
住居《すみか》の智恵《ちえ》は越《こし》てから出《でる》
外科《げか》はその名も付《つけ》ず別《わか》るる
首《くび》さえ出《で》れば窓の通《かよ》い路《じ》
暑き日に娘《むすめ》ひとりの置所《おきどころ》
青い葉は律儀《りちぎ》にしらぬ立田姫《たつたひめ》
鐘《かね》つきに引離《ひきはな》さるるうしろ神《がみ》
張合《はりあい》のなき 盃《さかずき》 はさし向《むか》い

土産の一駄前の日に着
子を誉て居る舟の真中
師走の猪牙に裏白か舞
雀へ酒のかゝる鳥さし
夜着の栄花の眼か明て居
ひよんな字を問て家内にうたかわれ
廿チの思案聞に及ハす
わさひおろしに寒い袖口
高く聞へる闇の口上

---

土産《みやげ》の一駄《いちだ》前の日に着《つく》
子《こ》を誉《ほめ》て居《い》る舟の真中《まんなか》
師走《しわす》の猪牙《ちょき》に裏白《うらじろ》が舞《まい》
雀《すずめ》へ酒《さけ》のかかる鳥《とり》さし
夜着《よぎ》の栄花《えいが》の眼《め》が明《あい》て居《いる》
ひょんな字を問《とう》て家内《かない》に疑《うたが》われ
廿《はたち》の思案《しあん》聞《きく》に及《およ》ばず
わさびおろしに寒《さむ》い袖口《そでぐち》
高く聞《きこ》える闇の口上《こうじょう》

九オ

麻刈の一鎌つゝに笠か鳴

物書ハ寺中て憎む掛人

塔を見て思へハ人も怖い物

行水廻す根夫川のうへ

切れ盃を供か見て居る

取扱いも寒いから鮭

悋氣の屋根を廻る夕立

面白く反る四ツ手引かな

主のない扇を遣ふ渡し守

---

麻刈《あさかり》の一鎌《ひとかま》ずつに笠が鳴《なり》

物書《ものかき》は寺中《じちゅう》で憎《にく》む掛人《かかりゅうど》

塔《とう》を見て思えば人も怖《こわ》い物《もの》

行水《ぎょうずい》廻す根夫川《ねぶかわ》のうえ

切《き》れ 盃《さかずき》を供《とも》が見て居《い》る

取扱《とりあつか》いも寒いから鮭《さけ》

悋氣《りんき》の屋根を廻《まわ》る夕立《ゆうだち》

面白《おもしろ》く反《そ》る四《よ》ツ手引《でびき》かな

主《ぬし》のない扇《おうぎ》を遣《つか》う渡《わた》し守《もり》

煩ふ馬を沢潟へひく

けふいもの喰ふ木からしの月

仕送リをうまくたまして足拍子

泥のつく物とハ見へぬ御所車

二階から心の人へ咳はらい

若衆ハ声に出るうら枯

六月キはたらく灵山の柚子

元結紙も粘の世の中

湯女の情も一まはりつゝ

---

煩《わずら》う馬を沢潟《さわがた》へひく

煙《けぶ》いもの喰《く》う木《こ》がらしの月《つき》

仕送《しおく》りをうまくだまして足拍子《あしびょうし》

泥《どろ》のつく物とは見えぬ御所車《ごしょぐるま》

二階《にかい》から心の人へ咳《せき》ばらい

若衆《わかしゅ》は声《こえ》に出《いず》るうら枯《がれ》

六月《むつき》はたらく灵山《りょうぜん》の柚子《ゆず》

元結紙《もっといがみ》も粘《もち》の世の中《なか》

湯女《ゆな》の情《なさけ》も一《ひと》まわりずつ

十オ

おかしからるゝ衛士の有明
双六の戻る箱根に櫛か落
白粉も袂につけハたゝかれる
時鳥近く見られていとま乞
柳と路次へ這入る節季候
水ものにして田を質に取
食傷ハ覚悟のまへの遣唐使
蓋明てあいその尽る御菜籠
三下リころせ〳〵と人通リ

---

おかしかるる衛士《えじ》の有明《ありあけ》
双六《すごろく》の戻る箱根に櫛《くし》が落《おち》
白粉《おしろい》も袂《たもと》につけば叩《たた》かれる
時鳥《ほととぎす》近く見られていとま乞《ごい》
柳と路次《ろじ》へ這入《はい》る節季候《せきぞろ》
水ものにして田を質に取《とり》
食傷《しょくしょう》は覚悟のまえの遣唐使《けんとうし》
蓋明《ふたあけ》てあいその尽る御菜籠《ごさいかご》
三下《さんさ》がりころせころせと人通《ひとどうり》

蒸籠の湯気を抱へて奥へ行

馬の尾のふり負て居る水車

廿日亥中に上を行うそ

足跡ハ親子と見へるかきつハた

口留をしても忘れるめうかの子

上り馬乗る寺の若党

祭もなくて人近い神

転んた跡の青い淡雪

出入坐頭の誉る新道

---

蒸籠《せいろう》の湯気を抱《かか》えて奥へ行《いき》

馬の尾のふり負《まけ》て居る水車《みずぐるま》

廿日亥中《はつかいなか》に上を行《ゆく》うそ

足跡は親子と見えるかきつばた

口留《くちどめ》をしても忘れる茗荷《みょうが》の子

上《のぼ》り馬乗《うまの》る寺の若党《わかとう》

祭《まつり》もなくて人近《ひとちか》い神

転んだ跡の青い淡雪《あわゆき》

出入坐頭《でいりざとう》の誉《ほめ》る新道《しんみち》

十一オ

見しらぬものを拾ふ左義長
常世か馬の畳まて喰ふ
相談のしまらぬ所ひかし山
かな谷泊の一日の運
人目の隙に妻の行水
緋おとしに惚れて戻ﾘし白拍子
捨物にして遣る文に花か咲
乳母か在所の赤蛙来る
鑓か降ても武士の衣〳〵

---

見《み》しらぬものを拾《ひろ》う左義長《さぎちょう》
常世《とこよ》が馬の畳《たたみ》まで喰《く》う
相談《そうだん》のしまらぬ所《ところ》ひがし山《やま》
金谷泊《かなやどまり》の一日《いちじつ》の運《うん》
人目《ひとめ》の隙《すき》に妻の行水《ぎょうずい》
緋《ひ》おどしに惚《ほ》れて戻りし白拍子《しらびょうし》
捨物《すてもの》にして遣《や》る文《ふみ》に花が咲《さき》
乳母《うば》が在所《ざいしょ》の赤蛙《あかがえる》来《く》る
鑓《やり》が降っても武士《ぶし》の衣衣《きぬぎぬ》

小松曳あふない所て手を握り

かふろへ親の通ふ疱瘡

蛍ハ空に闇は梺に

紫蘇漬にして戻す引臼

下戸独恋の證拠に頼れる

気違を見に物干か込む

山伏も木の端ならす梳あふら

牛一つ花野ゝ中の沖の石

醤油にも気侭ハさせす杉の口

---

小松曳《こまつびき》あぶない所《とこ》で手《て》を握り

禿《かむろ》へ親の通《かよ》う疱瘡《ほうそう》

蛍は空《そら》に闇は梺《ふもと》に

紫蘇漬《しそづけ》にして戻す引臼《ひきうす》

下戸《げこ》独《ひとり》恋の證拠《あかし》に頼《たのま》れる

気違《きちがい》を見に物干《ものほし》が込《こ》む

山伏《やまぶし》も木《こ》の端《はた》ならず梳油《すきあぶら》

牛一《うしひと》つ花野《はなの》の中の沖《おき》の石《いし》

醤油《しょうゆ》にも気侭《きまま》はさせず杉の口《くち》

十二オ

吉田を乗った聟にくり言
帰りにハ疝氣の発るくすり掘
入歯のくハひかみしめて見る
連哥師の江戸へ下れハ花の春
色茶屋ハつふれて寒き広小路
助太刀ハ念者と中のよい男
金剛杖に立並ふうそ
行平の寝所替る月二夜
寐て出る智恵に世も捨リ行

---

吉田《よしだ》を乗った聟《むこ》にくり言《げん》
帰りには疝氣《せんき》の発《おこ》るくすり掘《ぼり》
入歯《いれば》の具合《ぐあい》かみしめて見る
連哥師《れんがし》の江戸へ下《くだ》れば花の春
色茶屋《いろぢゃや》はつぶれて寒き広小路《ひろこうじ》
助太刀《すけだち》は念者《ねんじゃ》と中《なか》のよい男《おとこ》
金剛杖《こんごうじょう》に立並《たちなら》ぶうそ
行平《ゆきひら》の寝所替《ねどころかわ》る月二夜《つきふたよ》
寝《ね》て出《で》る智恵《ちえ》に世《よ》も捨《すた》り行《ゆく》

後生気か出て極のつく女形
命とハあたりまかせな言葉也
這ふ子の口に人形の丹
艸履取面白がらぬ数寄屋河岸
隙かして拍子の揃ふ紙きぬた
用に立たを聞ぬ突棒
初鰹死た隣てそつと呼ふ
嗚杖のうち掃かけて待ッ
哥ていかねハへつたりと文

十二ウ

---

後生気《ごしょうぎ》が出て極《ごく》のつく女形《おんながた》
命《いのち》とはあたりまかせな言葉也《ことばなり》
這《は》う子の口《くち》に人形《にんぎょう》の丹《たん》
艸履取《ぞうりとり》面白がらぬ数寄屋河岸《すきやがし》
隙《ひま》かして拍子《ひょうし》の揃《そろ》う紙《かみ》きぬた
用《やく》に立《た》ったを聞かぬ突棒《つきぼう》
初鰹《はつがつお》死《しん》だ隣《となり》でそっと呼《よ》ぶ
嗚杖《いきつえ》のうち掃《はき》かけて待《まっ》
哥《うた》でいかねばべったりと文《ふみ》

十三オ

御符もらひの行あたる駕
貰ひさかなのさがるうた丶寝
身のうちハ眼斗出して玉霰
何かにつけておとこ兄弟
深くはいれハ法の吉原
財布てぶつて直に勘当
安い薬のまわる木食
傘をさす手ハ持ぬけいせい
祈か利て宮芝居隙

---

御符《ごふう》もらいの行《いき》あたる駕《かご》
貰《もら》いざかなのさがるうたた寝
身《み》のうちは眼《め》斗《ばかり》出して玉霰《たまあられ》
何《なに》かにつけて男兄弟《きょうだい》
深《ふか》くはいれば法《のり》の吉原《よしわら》
財布《さいふ》でぶって直《じか》に勘当《かんどう》
安《やす》い薬《くすり》のまわる木食《もくじき》
傘《かさ》をさす手は持《もた》ぬ傾城《けいせい》
祈《いのり》が利《き》いて宮芝居隙《みやしばいひま》

季吟にたかる人も月花
小つゝみにほつ〱降ハ淋しけれ
此反リ橋にほしき牛若
松茸も喰ぬ物なら小間物屋
筏さし畳の上へ世をのかれ
牛に乗る日ハ遠い鎌くら
駕から水を貰ふ六月
海士の子の頬を舐れハ塩はゆき
坊主と中のわるい煩ひ

十三ウ

---

季吟《きぎん》にたかる人も月花《つきはな》
小《こ》づつみにほつほつ降《ふる》は淋しけれ
此反《このそり》り橋にほしき牛若《うしわか》
松茸《まつたけ》も喰《くわ》ぬ物なら小間物屋《こまものや》
筏《いかだ》さし畳の上へ世をのがれ
牛に乗る日は遠い鎌倉《かまくら》
駕《かご》から水を貰う六月《ろくがつ》
海士《あま》の子の頬《ほお》を舐《ねぶ》れば塩ばゆき
坊主と中《なか》のわるい煩《わずら》い

十四オ

はけしい親の呵そこなひ
禁酒して何を頼の夕しくれ
烏も二つ雪のぬり下駄
かもしを抜てかゝる関の戸
大神楽男日照の下へ来る
婆ゝか昔ハ指折の海士
主従か裸にされて雉子の聲
みな仇事のほた餅か来
ふり付の心の届く衣かへ

---

はげしい親の呵《しかり》そこない
禁酒《きんしゅ》して何を頼《たのみ》の夕《ゆう》しぐれ
烏《からす》も二つ雪の塗《ぬ》り下駄《げた》
かもじを抜《ぬい》てかかる関《せき》の戸《と》
大神楽男日照《だいかぐらおとこひでり》の下へ来る
婆々《ばば》が昔《むかし》は指折《ゆびおり》の海士《あま》
主従《しゅうじゅう》が裸《はだか》にされて雉子《きじ》の声《こえ》
みな仇事《あだごと》のぼた餅が来《くる》
ふり付《つけ》の心《こころ》の届く衣《ころも》がえ

長刀て妼くるみ弟子に取
手を握られて皃ハ見ぬ物
更行春に禿苦になる
都のうつけ赤貝に泣く
砂糖のやうな京へ縁組
笠の雪崩れぬやうに脱て見
そう笑つてハ辷る反り橋
仕着の不足下に着て出る
朝寐する町ハ鳥居の右左

十四ウ

---

長刀《なぎなた》で妼《こしもと》ぐるみ弟子に取《とり》
手を握られて皃《かお》は見ぬ物《もの》
更行《ふけゆく》春に禿《かむろ》苦になる
都《みやこ》のうつけ赤貝《あかがい》に泣く
砂糖《さとう》のような京へ縁組《えんぐみ》
笠の雪崩《ゆきくず》れぬように脱《ぬい》で見《みせ》
そう笑っては辷《すべ》る反《そ》り橋《はし》
仕着《しきせ》の不足《ふそく》下に着て出る
朝寝《あさね》する町は鳥居《とりい》の右左《みぎひだり》

十五オ

母ハとり込む雨の錦木
時雨と雪と二度に逢ふ瀬田
醫者の口から洩れる隠れ家
金掘の佐渡へふり向天の川
のれんの外へ口上の尻
正客をつふす積リにずつと立
揚屋九軒て可愛かる馬鹿
あわれ也狂ふ時にハ男声
琵琶かなるとハ親類の花

---

母《はは》はとり込む雨の錦木《にしきぎ》
時雨《しぐれ》と雪と二度に逢《あ》う瀬田《せた》
医者の口《くち》から洩れる隠《かく》れ家《が》
金掘《かなほり》の佐渡《さど》へふり向《むく》天の川
のれんの外《そと》へ口上《こうじょう》の尻《しり》
正客《しょうきゃく》をつぶす積《つも》りにずっと立《たち》
揚屋《あげや》九軒《くけん》で可愛《かわい》がる馬鹿《ばか》
あわれ也《なり》狂《くる》う時には男声《おとこごえ》
琵琶《びわ》がなるとは親類《しんるい》の花《はな》

升て喧嘩を分る住吉
むかし〱の聟に高札
呑やうに水のなくなるちらし書
日にやけた娘を誉る宇治の春
異見の側を通るぬき足
鳴子曳恋にハ売れぬおとこ也
うらやまれたる山人の脈
一日の奉公納に床をとり
新造の恨に骨ハなかり鳧

十五ウ

---

升《ます》で喧嘩《けんか》を分《わけ》る住吉《すみよし》
むかしむかしの聟《むこ》に高札《こうさつ》
呑《のむ》ように水の無《な》くなるちらし書《がき》
日にやけた娘《むすめ》を誉《ほめ》る宇《う》治《じ》の春《はる》
異見《いけん》の側《そば》を通るぬき足《あし》
鳴子《なるこ》曳《ひき》恋には売れぬおとこ也
羨《うらや》まれたる山人《やまびと》の脈《みやく》
一日の奉公《ほうこう》納《おさめ》に床《とこ》をとり
新造《しんぞう》の恨《うらみ》に骨はなかり鳧《けり》

十六オ

望楼の部

藪入の顔ハ濃くなり薄く成
三世相にも水ハつめたき
下闇に火の恩ふかきうつの山
吉原に實か有て運の尽
文か届て替る夕くれ
から鮭の眼へ節分の豆
弘法の惜しい事にハ細工過キ
うそつきに来た傾城ハ寄掛リ

---

望楼《ぼうろう》の部

藪入《やぶいり》の顔は濃くなり薄く成《なり》
三世相《さんぜそう》にも水は冷《つめ》たき
下闇《したやみ》に火の恩ふかき宇津《うづ》の山
吉原に實《まこと》が有《あっ》て運の尽《つき》
文《ふみ》が届《とどい》て替《かわ》る夕ぐれ
から鮭《しゃけ》の眼《め》へ節分《せつぶん》の豆《まめ》
弘法《こうぼう》の惜《おし》い事には細工過《さいくすぎ》
嘘《うそ》つきに来た傾城《けいせい》は寄掛《よりかかり》

鰹売呼て家内の顔を見せ
誓文に立る刀ハまくら元
西瓜の水も遠いたしなみ
無理なまくらて大坂へ着く
冬籠我も昔ハ尻しらす
おとこの眼にも凄い子おろし
ひよくの鳥も顔か見らるゝ
世の誉事の晴天に死
真四角に突出し物の神楽堂

---

鰹売呼《かつおうりよん》で家内《かない》の顔を見せ
誓文《せいもん》に立《た》てる刀《かたな》は枕元《まくらもと》
西瓜《すいか》の水も遠《とお》いたしなみ
無理《むり》な枕《まくら》で大坂《おおさか》へ着く
冬籠《ふゆごもり》我も昔は尻しらず
男の眼にも凄い子おろし
比翼《ひよく》の鳥も顔が見らるる
世《よ》の誉事《ほめごと》の晴天《せいてん》に死《しぬ》
真四角《ましかく》に突出《つきだ》し物の神楽堂《かぐらどう》

十七オ

幾度か盗れ死なれ歌枕
孕む稲かわつた物を夫に持
ひよこの咽の乾く若竹
呵られた夜の夜着ハきせ捨
二の替リ台所から口を利
踏れる恋もおとこ一疋
両隣娘の咎を知て居る
捨鐘聞いて跡ハ推量
後の追人に二親の聲

---

幾度《いくたび》か盗《ぬすま》れ死なれ歌枕《うたまくら》
孕《はら》む稲かわった物を夫《つま》に持《もち》
ひよこの咽《のど》の乾く若竹《わかたけ》
呵《しか》られた夜《よ》の夜着《よぎ》はきせ捨《すて》
二《に》の替《かわ》り台所《だいどころ》から口を利《きき》
踏《ふま》れる恋も男一疋《おとこいっぴき》
両隣《りょうどなり》娘の咎《とが》を知《しっ》て居《い》る
捨鐘《すてがね》聞いて跡《あと》は推量《すいりょう》
後《あと》の追人《おって》に二親《ふたおや》の声

袖留て師走の闇に突放し
旦那の髪か出来て騒動
気違もはやされてから藝か殖
検校ハ手を敲く産聲
うき世の下卑に揚屋丁さび
明る戸へつめたく障る氷室守
日比の意趣をはらす芋虫
散る花を乗物の戸へあふき込
隣の耳へあたる言訳

一二七

---

袖留《そでとめ》で師走の闇に突放《つきはな》し
旦那《だんな》の髪《かみ》が出来《でき》て騒動《そうどう》
気違《きちがい》もはやされてから芸《げい》が殖《ふえ》
検校《けんこう》は手を敲《たた》く産声《うぶごえ》
うき世《よ》の下《げ》卑《ひ》に揚屋丁《あげやまち》さび
明《あけ》る戸へつめたく障《さわ》る氷室守《ひむろもり》
日比《ひごろ》の意趣をはらす芋虫《いもむし》
散る花を乗物《のりもの》の戸へあおぎ込《こみ》
隣《となり》の耳へあたる言訳《いいわけ》

十八オ

目いしやの貟か見えて手を打
紅葉の中へ幅な入相
土産買傘へ時雨の音かする
錦木立て菜のうへを行
命しらすの戻る岩はし
持碁に作て顔の見合
しのふ艸夜着を幾つか跨越
當させて心のうこく袴腰
高尾か出来てよみ売か出

目医者《めいしゃ》の貟《かお》が見えて手を打《うち》
紅葉《もみじ》の中へ幅《はば》な入相《いりあい》
土産《みやげ》買《かう》傘へ時雨《しぐれ》の音《おと》がする
錦木立《にしきぎたて》て菜の上を行《ゆく》
命《いのち》しらずの戻る岩《いわ》はし
持碁《じご》に作《つくっ》て顔《かお》の見合《みあわせ》
しのぶ艸《ぐさ》夜着《よぎ》を幾つか跨越《またぎこし》
當《あて》させて心のうごく袴腰《はかまごし》
高尾《たかお》が出来《でき》てよみ売《うり》が出《でる》

様〱な人か通つて日か暮る
子守のもたれかゝる裏門
翌ル日足の立ぬ池上
異見した日の戸か早くたつ
七ツハ人の耳につく鐘
駿河の町の吝い初雪
関守の淋しい日には物とかめ
その時を見事に武士の衣かへ
ちとこたはつて返す羽衣

---

様々《さまざま》な人が通って日が暮《くれ》る
子守《こもり》のもたれかかる裏門《うらもん》
翌日《あくるひ》足の立《たた》ぬ池上《いけがみ》
異見《いけん》した日の戸が早《はや》くたつ
七ツは人の耳につく鐘《かね》
駿河《するが》の町の吝《しわ》い初雪《はつゆき》
関守《せきもり》の淋しい日には物とがめ
その時を見事《みごと》に武士《ぶし》の衣《ころも》替《が》え
ちとこだわって返《かえ》す羽衣《はごろも》

十九オ

夜伽の客のかた付て居
うそか溜て本堂かたつ
我髪と思ふ時なき女かた
四月八日ハ葬礼の花
蜀漆の虫に親の霍乱
障子越引たい袖ハかけほうし
時雨する出雲の空ハ表向
松ヶ岡男をしらぬ唐からし
舟岡を戻る薪屋も五十年

---

夜伽《よとぎ》の客のかた付《づけ》て居《いる》
うそが溜《たまっ》て本堂がたつ
我髪《わがかみ》と思う時なき女形《おんながた》
四月八日《しがつようか》は葬礼《そうれい》の花《はな》
蜀漆《くさぎ》の虫に親の霍乱《かくらん》
障子越引《しょうじごしひき》たい袖はかげぼうし
時雨《しぐれ》する出雲《いずも》の空は表向《おもてむき》
松ケ岡《まつがおか》男をしらぬ唐《とう》がらし
舟岡《ふなおか》を戻る薪屋《まきや》も五十年《ごじゅうねん》

不断桜ハ観音の伊達

迄と言ふ心の反リの不奉公

あみ笠の赤く成時おもひ知

買水をうついやなやつ哉

鬼門の方のふとん折込

六月のつめたい物に損ハなし

道心者我も覚ておとこ山

反かへるのを見るやうに鐘の声

不破の大工の一生の恥

---

不断桜《ふだんざくら》は観音の伊達《だて》

迄《まで》と言う心の反《そ》りの不奉公《ぶほうこう》

あみ笠《がさ》の赤く成《なる》時おもい知《しり》

買水《かいみず》をうつ嫌《いや》なやつ哉《かな》

鬼門《きもん》の方のふとん折込《おりこみ》

六月《ろくがつ》のつめたい物に損はなし

道心者《どうしんしゃ》我も覚《おぼえ》ておとこ山《やま》

反《そり》かえるのを見るように鐘《かね》の声

不破《ふわ》の大工《だいく》の一生《いっしょう》の恥《はじ》

廿オ

雪折も千鳥も枕してのもの
正直な方かやつるゝ飛鳥川
かいどりに隠れて居たる不孝者
歯の抜た子の屋根を見て居
黒雲の晴る筑波ハ有の侭
あふない道て熊野節買
帳屋の笹に二度雪か降
唐から渡る繻子も空解
五月雨袂の下に付木の火

---

雪折《ゆきおれ》も千鳥も枕《まくら》してのもの
正直《しょうじき》な方がやつるる飛鳥川《あすかがわ》
かいどりに隠《かく》れて居たる不孝者《ふこうもの》
歯の抜《ぬけ》た子の屋根を見て居《いる》
黒雲の晴《はれ》る筑波《つくば》は有《あり》の侭《まま》
あぶない道で熊野節買《くまのぶしかう》
帳屋《ちょうや》の笹に二度雪が降《ふる》
唐《から》から渡る繻子《しゅす》も空解《そらどけ》
五月雨袂《さつきあめたもと》の下に付木《つけぎ》の火《ひ》

寐起に分て光る金屛
けむい所へ這入袖笠
豆腐にむかい是からの智恵
胡葱ハ初奉公の新まくら
晦日のうそに男ぎれなし
なふり殺すを居代てやる
金にする声ハあはれな寒の内
拍子に乗て長崎の嘘
仲人の及ぬ所へたすけ舟

ナク

---

寝起《ねおき》に分《わけ》て光る金屛《きんびょう》
けむい所《ところ》へ這入《はいる》袖笠《そでがさ》
豆腐にむかい是《これ》からの智恵《ちえ》
胡葱《あさつき》は初奉公《ういぼうこう》の新枕《にいまくら》
晦日《みそか》の嘘に男《おとこ》ぎれなし
なぶり殺《ころ》すを居代《いかわっ》てやる
金《かね》にする声は憐《あわ》れな寒の内《うち》
拍子《ひょうし》に乗って長崎の嘘《うそ》
仲人《なこうど》の及《およば》ぬ所《とこ》へたすけ舟《ぶね》

廿一オ

覗かれる気て瞽女ハ寐に行
笛の上手に身を捨る鹿
傘の初荷か着て郭公
悪女へ早く届く手招
津浪の町の揃ふ命日
涼しさは男に多き糺川
萌し物出て生る駒込
内に居て顔の淋しき一月寺
奈良漬の一舟残る病上り

---

覗《のぞ》かれる気で瞽女《ごぜ》は寝《ね》に行《いく》
笛の上手《じょうず》に身を捨《すて》る鹿《しか》
傘《からかさ》の初荷《はつに》が着《つい》て郭公《ほととぎす》
悪女《あくじょ》へ早く届く手招《てまねき》
津浪《つなみ》の町《まち》の揃《そろ》う命日《めいにち》
涼しさは男《おとこ》に多き糺川《ただすがわ》
萌《もや》し物《もの》出て生《いき》る駒込《こまごめ》
内《うち》に居《い》て顔の淋しき一月寺《いちがつじ》
奈良漬《ならづけ》の一舟《ひとふね》残る病上《やみあが》り

恨もなくて我畳む夜着
幟かふえてなふられる妻
銭金のおもしろく減る旅衣
少しつゝ灯のふとく成新枕
御茶の水行く舟にからかさ
舞も恨も初而ハ立膝
憎そふに手曳ハ日向通りけり
子の手を曳いて姿崩れる
我炭にかじけて歩行八王寺

廿一ウ

---

恨《うらみ》もなくて我畳《たた》む夜着《よぎ》
幟《のぼり》が増えてなぶられる妻《つま》
銭金《ぜにかね》のおもしろく減る旅衣《たびごろも》
少しずつ灯《ひ》のふとく成新枕《なるにいまくら》
御茶の水行く舟にからかさ
舞《まい》も恨《うらみ》も初而《しょて》は立膝《たてひざ》
憎《にく》そうに手曳《てびき》は日向《ひなた》通りけり
子の手を曳《ひ》いて姿崩《すがたくず》れる
我炭《わがすみ》にかじけて歩行八王寺《ありくはちおうじ》

廿二オ

鷹の頭巾を拾ふ買出し
煮あかる湯をたます茶袋
辛崎やあたりの松ハ気も付す
近星を佛御前ハ知らぬふり
淋しい時に蔵を詠る
油のはねる忠盛の袖
落る事なくて淋しき牛の角
百取うちに濡くさる釋迦
朝皃の開キ仕廻へハほんの帯

鷹《たか》の頭巾《ずきん》を拾《ひろ》う買出《かいだ》し
煮《にえ》あがる湯をだます茶袋《ちゃぶくろ》
辛崎《からさき》やあたりの松は気も付《つか》ず
近星《ちかぼし》を佛御前《ほとけごぜん》は知らぬふり
淋しい時に蔵《くら》を詠《ながめ》る
油《あぶら》のはねる忠盛《ただもり》の袖《そで》
落る事なくて淋しき牛《うし》の角《つの》
百取《ひゃくとる》うちに濡《ぬれ》くさる釈迦《しゃか》
朝皃《あさがお》の開《ひらき》仕廻《しま》えばほんの帯

死た妾に絵師の骨折
勘当の長崎者に成かゝり
一夜明ると馬鹿て目を突
殿の禁酒に夜ハ捨り行
浪人ハ娘ひとりを智恵の奥
後家しほ〳〵と青物の礼
明六ツわたる鵲のはし
鳥にさへ相言葉あるそとの浜
顔て死ぬ蚊の兼而合点

廿二ウ

---

死《しん》だ妾《めかけ》に絵師《えし》の骨折《ほねおり》
勘当《かんどう》の長崎者《ながさきもの》に成《なり》かかり
一夜明《いちやあけ》ると馬鹿で目を突《つき》
殿《との》の禁酒に夜《よ》は捨《すた》り行《ゆく》
浪人《ろうにん》は娘ひとりを智恵《ちえ》の奥《おく》
後家《ごけ》しおしおと青物《あおもの》の礼《れい》
明《あけ》六《む》ツわたる 鵲《かささぎ》 のはし
鳥《とり》にさへ相言葉《あいことば》あるそとの浜
顔で死ぬ蚊の兼而合点《かねてがってん》

廿三オ

節季の息子算盤に乗
背中から寄る人の光陰
百性の身に稀な手枕
温飩の誠初雪か降
吉原の屋根かと聞て伸上リ
覚へる事ハ女房か勝
ぬるい湯舟へ這人る早乙女
編笠を着てほんの眼か覚
口上も二人へあてヽ千団子

節季《せっき》の息子算盤《むすこそろばん》に乗《のり》
背中から寄る人の光陰《こういん》
百姓《ひゃくしょう》の身に稀《まれ》な手枕《てまくら》
温飩《うどん》の誠《まこと》初雪が降《ふる》
吉原《よしわら》の屋根かと聞て伸上《のびあが》り
覚《おぼ》える事《こと》は女房《にょうぼう》が勝《かち》
ぬるい湯舟《ゆぶね》へ這人《はいる》る早乙女《さおとめ》
編笠《あみがさ》を着《き》てほんの眼《め》が覚《さめ》
口上《こうじょう》も二人《ふたり》へあてて千団子《せんだんご》

精出して売皃てなし唐物屋
逃ると聞て水かさしたい
子とものの色のわるひ筑しま
浅間ハもへて里の朝食
十年まへハ独おかしき
袖笠ハしのひに成らぬ紋所
番神堂を廻る薙刀
庭鳥の鳴ころか奉公
子に持せても桔梗淋しき

廿三ウ

---

精《せい》出して売皃《うるかお》でなし唐物屋《からものや》
逃《にげ》ると聞《きい》て水がさしたい
子《こ》どもの色のわるい筑《つき》しま
浅間《あさま》はもえて里の朝食《あさめし》
十年《じゅうねん》まえは独《ひとり》おかしき
袖笠《そでがさ》はしのびに成《な》らぬ紋所《もんどころ》
番神堂《ばんしんどう》を廻《まわ》る薙刀《なぎなた》
庭鳥《にわとり》の鳴《なく》ころが奉公《ほうこう》
子に持せても桔梗《ききょう》淋《さみ》しき

廿四オ

志賀の寺傘畳む音かする
きり〱す顔の重たき院の御所
生酔の心ハ直に道を行
さくらか咲て奥の前たれ
寒の水棒の師匠に誉らるゝ
杜若坊主の手から色かさめ
雨雲の時〱見世へ茶を運ひ
名古屋からなふられて来干大根
神無月仏の御代に成にけり

---

志賀《しが》の寺《てら》傘《からかさ》 畳む音がする
きりぎりす顔の重たき院《いん》の御所《ごしょ》
生酔《なまえい》の心《こころ》は直《すぐ》に道を行《ゆき》
さくらが咲《さい》て奥の前《まえ》だれ
寒の水棒《みずぼう》の師匠に誉《ほめ》らるる
杜若《かきつばた》坊主の手から色《いろ》がさめ
雨雲《あまぐも》の時々《ときどき》見世《みせ》へ茶を運び
名古屋《なごや》からなぶられて来る干大根《ほしだいこ》
神無月《かんなづき》仏《ほとけ》の御代《みよ》に成《なり》にけり

台所から影ほしに惚れ
うらむ比丘尼の髪をほしかる
闇を躍て帰る屋敷衆
御神酒ハあれと青い庚申
白眼廻して妾の出代り
宿下の土産に咄す紋所
奉幣のうち氷る侍
度〱智恵の戻る筑嶌
葵か咲いてうくひすハ闇

---

台所《だいどころ》から影ぼしに惚《ほ》れ
うらむ比丘尼《びくに》の髪をほしがる
闇を躍《おど》って帰る屋敷衆《やしきしゅ》
御神酒《おみき》はあれと青い庚申《こうしん》
白眼《にらみ》廻して妾《かん》の出代《でがわ》り
宿下《やどおり》の土産《みやげ》に咄《はな》す紋所《もんどころ》
奉幣《ほうへい》のうち氷《こお》る侍《さむらい》
度々《たびたび》智恵の戻る筑嶌《つきしま》
葵《あおい》が咲いて鴬《うぐいす》は闇《やみ》

廿五オ

縫ふ人を空からなふる時明ﾘ
大工とさしに引越の椽
旅人立てくらく成る家
日本の裾ハ風ほとに明く
桟敷へ居る母の中垣
腕をさすつて狸煮て居
生酔の後ロ通れハ寄か丶り
榊の穴に鍬の投やり
寐て居た前を合す稲妻

---

縫《ぬ》う人を空からなぶる時明《ときあか》り
大工《だいく》とさしに引越《ひっこし》の椽《えん》
旅人立《たて》て暗《くら》く成《な》る家《いえ》
日本《にほん》の裾《すそ》は風ほどに明《あ》く
桟敷《さじき》へ居《すわ》る母《はは》の中垣《なかがき》
腕《うで》をさすって狸煮《に》て居《いる》
生酔《なまえい》の後《うし》ろ通《とお》れば寄かかり
榊《さかき》の穴に鍬《くわ》の投《なげ》やり
寝て居《い》た前を合《あわ》す稲妻《いなずま》

女房ハ簾の内て直をこたへ
垢離取の見ぬ振しても楼舟
浪人にまた息の有松囃子
おもひ直して三弦を弾
手うつしの闇をいたゝく寒念仏
くほみの家へ蚊遣り艸売レ
是迄と思ひ極めて惣仕廻
都鳥けふハきのふの銭を売
先てわかるゝ判取の声

十二ウ

---

女房《にょうぼう》は簾《すだれ》の内《うち》で直《ね》をこたえ
垢離取《こりとり》の見ぬ振《ふり》しても楼舟《やかたぶね》
浪人《ろうにん》にまだ息の有松囃子《あるまつはやし》
おもい直《なお》して三弦《さんげん》を弾《ひく》
手うつしの闇《やみ》をいただく寒念仏《かんねぶつ》
くぼみの家へ蚊遣《かやり》り艸売《ぐさうれ》
是迄《これまで》と思い極《きわ》めて惣仕廻《そうじまい》
都鳥《みやこどり》今日は昨日の銭を売《うり》
先《さき》でわかるる判取《はんとり》の声

廿六オ

返す時機嫌の悪い御鬮本

うき事のためにちび〱呑習い

又振袖へ戻る孝行

一ッても義理の届た蛍狩

六郷きりで分る相傘

中間の名のある甲斐もなし

病い程療治尽して捨小舟

鳥甲見て帰る弟子入

恋か叶ふと分散に逢

---

返す時機嫌《きげん》の悪い御鬮本《みくじぼん》

うき事《こと》のためにちびちび呑習《のみなら》い

又振袖《またふりそで》へ戻る孝行《こうこう》

一ツでも義理《ぎり》の届《とど》いた蛍狩《ほたるがり》

六郷《ろくごう》きりで分《わか》る相傘《あいがさ》

中間《ちゅうげん》の名のある甲斐《かい》もなし

病《やま》い程療治《りょうじ》尽して捨小舟《すてこぶね》

鳥甲《とりかぶと》見て帰る弟子入《でしいり》

恋が叶《かな》うと分散《ぶんさん》に逢《あい》

音頭か付て軽い言訳
我からに覗く気に成蔵開キ
かつらへも賀茂へも遣らぬ仏の日
むかしも今も同し本膳
小野照崎をさしの弔い
落着良の堀て三味線
約束たをれさらされて居
燈籠の売れた夢みる小道工屋
五月雨や仕廻の日にハ横へ降
十三ウ

---

音頭《おんど》が付《つい》て軽い言訳《いいわけ》
我《われ》からに覗《のぞ》く気に成蔵開《なるくらびら》き
桂《かつら》へも賀茂《がも》へも遣《や》らぬ仏《ほとけ》の日
むかしも今も同じ本膳《ほんぜん》
小野照崎《おのてるさき》をさしの弔《とむら》い
落着良《おちつきがお》の堀《ほり》で三味線《しゃみせん》
約束《やくそく》だおれさらされて居《いる》
燈籠《とうろう》の売れた夢みる小道工屋《こどうぐや》
五月雨《さみだれ》や仕廻《しまい》の日には横へ降《ふり》

廿七オ

松風の和らかに来るひとへ物
墨染のちからつくにハ写し物
猫の二階へ上る晴天
此世も闇の鵜を連て出
棒を馳走に遣ふ神取
宇津の山捨たいやうな鑓に逢
遠く日のさす横笛の肘
六角堂を乳母かしこなし
つまめハ淋し金襴のうら

---

松風の和《やわ》らかに来る単衣物《ひとえもの》
墨染《すみぞめ》の力《ちから》ずくには写し物
猫の二階へ上《のぼ》る晴天《せいてん》
此世《このよ》も闇の鵜《う》を連《つれ》て出《でる》
棒を馳走《ちそう》に遣《つか》う神取《かんどり》
宇《う》津《づ》の山捨《すて》たいような鑓《やり》に逢《あう》
遠く日のさす横笛《よこぶえ》の肘《ひじ》
六角堂《ろっかくどう》を乳母《うば》がしこなし
摘《つ》まめば淋《さみ》し金襴《きんらん》のうら

惚たとハ短い事の言にくき
ひよこの付て這入灌佛
烏の歩行瀬多の元日
閏五月のいたつらに降ル
火の入た酒出盛てほとゝきす
西日の宿の目を細く呼
鶯に突放されて寶とゝきす
中気に成て亭かつふれる
泊客最う隣から人の口

十二ウ

惚《ほれ》たとは短い事の言《いい》にくき
ひよこの付《つい》て這《は》入《い》る灌佛《かんぶつ》
烏《からす》の歩行《ありく》瀬《せ》多《た》の元日《がんじつ》
閏《うるう》五《ご》月《がつ》のいたずらに降《ふ》る
火の入《いっ》た酒出《で》盛《さかっ》てほととぎす
西日《にしび》の宿の目を細く呼《よび》
鶯《うぐいす》に突放《つきはな》されて寶《ほ》ととぎす
中気《ちゅうき》に成《なっ》て亭《てい》がつぶれる
泊客《とまりきやく》最《も》う隣から人の口《くち》

廿八オ

涼しくも男を立る三ッかなわ
大屋に成つて負る六月
蝶〱の種を蒔せる貝わり菜
窓明た大工を誉る丸はたか
雪を喰ふ女の顔へ日のうつり
硯の膝を廻るおし鳥
取揚婆々の供も飛々
雪ころはしの盛かへか出る
役者の艸鞋葉の落る比

---

涼しくも男を立《たて》る三《み》つ鉄輪《かなわ》
大屋《おおや》に成《な》って負《まけ》る六月《ろくがつ》
蝶々《ちょうちょう》の種を蒔《まか》せる貝わり菜《な》
窓明《まどあけ》た大工を誉《ほめ》る丸はだか
雪を喰《く》う女の顔へ日のうつり
硯《すずり》の膝《ひざ》を廻《まわ》るおし鳥《どり》
取揚婆々《とりあげばば》の供も飛々《とびとび》
雪ころばしの盛かえが出る
役者《やくしゃ》の艸鞋《わらじ》葉の落る比《ころ》

たけの揃わぬ加多の洗濯
きんか天窓を撫る若君
紙燭して遣る恩のはしまり
眄ハうしろの見たい駕の内
木枕を都から来て匂ハせる
半年の埃を見て居る硯箱
捨子の棒のつつかひもなし
子にゆるひ頭巾かふせて網代守
歯の若さ茶漬の中に石の音

十八ウ

---

たけの揃《そろ》わぬ加多《かた》の洗濯《せんたく》
金柑《きんか》天窓《あたま》を撫《なで》る若君《わかぎみ》
紙燭《しそく》して遣《や》る恩のはじまり
眄《ささやけ》ぼうしろの見たい駕《かご》の内《うち》
木枕《きまくら》を都《みやこ》から来て匂《にお》わせる
半年の埃《ちり》を見て居《い》る硯箱《すずりばこ》
捨子《すてご》の棒のつっかいもなし
子《こ》にゆるい頭巾《ずきん》かぶせて網代守《あじろもり》
歯の若さ茶漬《ちゃづけ》の中に石の音《おと》

朝日を供のふさく干物
娵入となしに抱取て行
消炭を人と思ハぬ八王寺
あほう拂の摂待へ来る
取持皃て宴のめど
蔵造夏の噺の怖しき
二心内の淋しきゑひす講
雀眼も欲にありく棚経
一綱つゝに亭へ挨拶



朝日《あさひ》を供《とも》のふさぐ干物《かんぶつ》
娵入《よめり》となしに抱取《だきとつ》て行《ゆく》
消炭《けしずみ》を人と思わぬ八王寺《はちおうじ》
あほう拂《ばらい》の摂待《せったい》へ来る
取持皃《とりもちがお》で宴《さかもり》のめど
蔵造《くらづくり》夏の噺《はなし》の怖《おそろ》しき
二心《ふたごころ》内の淋しきゑびす講《こう》
雀眼《とりめ》も欲にありく棚経《だなぎょう》
一綱《ひとあみ》ずつに亭《てい》へ挨拶《あいさつ》

脱て女に戻る水干

松の風少しかたまる置炬燵

放馬抱た男に智恵ハなし

死たいと言ふた師走の恥しき

先の家内をあてる進物

不機嫌な日ハ音のない台所

青田に成つて乳の見える人

何所へ行とも言ハぬ雨性

淀屋かたいこ長崎で死

廿九ウ

---

脱《ぬ》いで女に戻る水干《すいかん》

松の風少しかたまる置炬燵《おきごたつ》

放馬《はなれごま》抱た男に智恵《ちえ》はなし

死《しに》たいと言うた師走《しわす》の恥《はずか》しき

先《さき》の家内《かない》をあてる進物《しんもつ》

不機嫌《ふきげん》な日は音のない台所《だいどころ》

青田《あおた》に成って乳《ち》の見える人《ひと》

何所《どこ》へ行《いく》とも言わぬ雨性《あめしょう》

淀屋《よどや》がたいこ長崎で死《しす》

丗才

鳴戸を越て紅絵さめ行
下々に見らるゝ皃も初幟
荘子の梦の山吹へ来
嘘をつく顔へ時雨の降かゝり
飛ふ傘ハくらい買もの
内に寝て独おかしき夜着ふとん
死際ハ人形に似てきり〱す
浪人たけハすたる言伝
願叶て怖しい町

---

鳴戸《なると》を越《こえ》て紅絵《べにえ》さめ行《ゆく》
下々《しもじも》に見らるゝ皃《かお》も初幟《はつのぼり》
荘子《そうじ》の梦《ゆめ》の山吹《やまぶき》へ来《くる》
嘘《うそ》をつく顔へ時雨《しぐれ》の降かかり
飛《と》ぶ傘《からかさ》はくらい買《かい》もの
内《うち》に寝て独《ひとり》おかしき夜着ふとん
死際《しにぎわ》は人形《にんぎょう》に似てきりぎりす
浪人《ろうにん》だけはすたる言伝《ことづて》
願叶《ねがいかのう》て怖《おそろ》しい町

細工か成つてはやい還俗
袴着させて乳母の大口
傘に寐鳥のさハく切通し
勘当ハ蛙に水のかけ納め
腹のたつ時見るための海
蛍から連に成たる恋の闇
女にも心〱の誉ところ
淋しい宮に穴一の音
嵐の川に朝良か咲く

廿ウ

---

細工《さいく》が成《な》ってはやい還俗《げんぞく》
袴着《はかまぎ》させて乳母《うば》の大口《おおぐち》
傘《からかさ》に寝鳥《ねとり》のさわぐ切通《きりどお》し
勘当《かんどう》は蛙《かわず》に水のかけ納《おさ》め
腹《はら》のたつ時見るための海《うみ》
蛍から連《つれ》に成《なり》たる恋の闇
女にも心々《こころごころ》の誉《ほめ》どころ
淋しい宮《みや》に穴一《あないち》の音《おと》
嵐《あらし》の川に朝良《あさがお》が咲く

廿一オ

主寿昌之部

派の利く手代面白くなし
撞か見えるて伽な入相
百性ハ嵐にうその道か付キ
死た家老にしかるゝゆめ
目につく乳母へ舞て来獅子
辛崎ハ商買しみた雨か降
文殊の智恵も三人の分
衣て礼に歩行蜜夫

---

主寿昌之部

派《は》の利《き》く手代《てだい》面白くなし
撞《つき》が見えるで伽《とぎ》な入相《いりあい》
百性《ひやくしよう》は嵐に嘘《うそ》の道が付《つき》
死《し》んだ家老《かろう》に叱《しか》らるる夢《ゆめ》
目につく乳母《うば》へ舞《ま》って来獅子《くるしし》
辛崎《からさき》は商買《しようばい》じみた雨が降《ふり》
文殊《もんじゆ》の智恵《ちえ》も三人の分
衣《ころも》で礼《れい》に歩行蜜夫《ありくまおとこ》

親指に折らるゝ人ハ手から也

死た手際を誉る棒突

念者と人の知るを待かね

二百十日の屋根に浪人

そろ〳〵見える後家のからくり

折〳〵損をするも養生

大つゝみとハ公家の荒事

我か田を取られた川て渡し守

賤しく老てあつい湯に入

卅一ウ

---

親指《おやゆび》に折らるる人は手《て》がら也《なり》

死《し》んだ手際《てぎわ》を誉《ほめ》る棒突《ぼうつき》

念者《ねんしゃ》と人の知るを待《まち》かね

二百十日《にひゃくとおか》の屋根に浪人《ろうにん》

そろそろ見える後家《ごけ》のからくり

折々《おりおり》損をするも養生《ようじょう》

大つづみとは公家《くげ》の荒事《あらごと》

我《われ》が田を取られた川で渡《わた》し守《もり》

賤《いや》しく老《おい》てあつい湯に入《いる》

丗二オ

要はかりを下戸の言伝
丹誠に桃を咲せて追出され
美しい娘の供の反り返り
枝からこほす琴の似せ物
負公事の方へ娘ハ行たかり
立並ふ木ゝとは言す松の風
うこんハさめて井手の夏川
振袖に薬の湯気を曳て行
寒い噂に赤く成る笠

---

要《かなめ》ばかりを下戸《げこ》の言伝《ことづて》
丹誠《たんせい》に桃を咲せて追出《おいだ》され
美しい娘《むすめ》の供の反《そ》り返《かえ》り
枝からこぼす琴《こと》の似《に》せ物《もの》
負公事《まけくじ》の方へ娘《むすめ》は行《いき》たがり
立並《たちなら》ぶ木々とは言《い》わず松の風
うこんはさめて井手《いで》の夏川《なつかわ》
振袖《ふりそで》に薬《くすり》の湯気《ゆげ》を曳《ひい》て行《ゆき》
寒い噂《うわさ》に赤く成る笠《がさ》

今度の硯文にふさわす
女房の望岸を漕せる
遊行の供の口か利過
喰切て驚れぬるとうからし
春のあさちの飯粒を踏
後家ハ嫌いと後家か言せる
廿五の暁またぬ五間口
馬の姿も出ると戻ると
抹香とても爪はつれ物

廿二ウ

---

今度《こんど》の硯文《すずりふみ》に相応《ふさわ》ず
女房《にょうぼ》の望岸《のぞみきし》を漕《こが》せる
遊行《ゆぎょう》の供《とも》の口が利過《ききすぎ》
喰切《くいき》って驚《おどろか》れぬるとうがらし
春の朝事《あさじ》の飯粒《めしつぶ》を踏《ふむ》
後家《ごけ》は嫌《きら》いと後家《ごけ》が言わせる
廿五《にじゅうご》の暁《あかつき》またぬ五間口《ごけんぐち》
馬《うま》の姿《すがた》も出ると戻ると
抹香《まっこう》とても爪《つま》はずれ物《もの》

丗三オ

夫の惚れた顔を見に行
師匠への旅の土産ハ物覚
鳥辺山最う嘘のない人に成
牛王の灰と聞て欠落
女房の鏡見た迄て済
口か汇つて二度起請書
氷室を開く鍬の手廻
松戸の顔ハ雲やりの先
国替の皃ハ降也かゝみ山

---

夫《おっと》の惚れた顔を見に行《ゆく》
師匠《ししょう》への旅の土産《みやげ》は物覚《ものおぼえ》
鳥辺山《とりべやま》最《も》う嘘のない人に成《なり》
牛王《ごおう》の灰と聞いて欠落《かけおち》
女房《にょうぼ》の鏡《かがみ》見た迄《まで》で済《すみ》
口《くち》が汇《すべ》って二度起請書《きしょうかく》
氷室《ひむろ》を開く鍬《くわ》の手廻《てまわし》
松戸の顔は雲《くも》やりの先《さき》
国替《くにがえ》の皃《かお》は降也《ふるなり》かがみ山《やま》

物云へハ柄杓を遣ふ水鏡
追分へ来て下戸を育る
遣り手の噺立波かひく
赤子の声ののらぬ吉原
楽屋みたかる翠簾の正客
越後屋の灯を供かかそへる
あまつて足らぬ女房の智恵
化物屋敷誉る虫うり
いさよひハ少しおとりて小紫

---

物言《ものい》えば柄杓《ひしゃく》を遣《つか》う水鏡《みずかがみ》
追分《おいわけ》へ来て下戸《したと》を育《そだて》る
遣《や》り手《て》の噺立波《はなしたつなみ》がひく
赤子《あかご》の声ののらぬ吉原《よしはら》
楽屋見《がくやみ》たがる翠簾《みす》の正客《しょうきゃく》
越後屋《えちごや》の灯《ひ》を供が数《かぞ》える
余《あま》って足《た》らぬ女房《にょうぼう》の智恵《ちえ》
化物《ばけもの》屋敷誉《ほめ》る虫《むし》うり
十六夜《いざよい》は少しおとりて小紫《こむらさき》

丗四オ

盗てくれた人を正客
餞別貰ふ初の勘当
妾かとつて廻す祝い日
当坐のかれの顔へ風呂敷
あくらの側に上下の恥
老のむかしを咄す台所
婆々ハわすれて仕廻我皃
従弟か連れて帰る桶伏
紀の関守の猿にさすまた

盗《ぬす》んでくれた人を正客《しょうきゃく》
餞別《せんべつ》貰う初の勘当《かんどう》
妾《めかけ》がとって廻《まわ》す祝い日
当座《とうざ》のがれの顔へ風呂敷《ふろしき》
あぐらの側《そば》に上下《かみしも》の恥《はじ》
老《おい》のむかしを咄《はな》す台所《でいどこ》
婆々《ばば》はわすれて仕廻《しま》う我皃《わがかお》
従弟《いとこ》が連れて帰る桶伏《おけぶせ》
紀《き》の関守《せきもり》の猿にさすまた

初會に先の見える七夕
いかた便りに帰る小舅
靏ハ龜より人をさわかし
鰯かとれて闇の人声
急く小早の反かへるこゑ
隣をハ人と思ハす年忘れ
追分へ出て薬まて分け
奢尽して鶴龜を飼ふ
気違の一日置に通りけり

---

初会《しょかい》に先の見える七夕《たなばた》
いかだ便《たよ》りに帰る小舅《こじゅうと》
靏《つる》は龜《かめ》より人をさわがし
鰯《いわし》がとれて闇の人声《ひとごえ》
急《いそ》ぐ小早《こばや》の反《そり》かえる声
隣《となり》をば人と思わず年忘《としわす》れ
追分《おいわけ》へ出て薬《くすり》まで分《わ》け
奢尽《おごりつく》して鶴龜《つるかめ》を飼う
気違《きちがい》の一日置《いちにちおき》に通りけり

卅五オ

浪人の編笠斗むかし物
心に無理の残る道心
よい男来る分散の礼
恥かしい所を湯舟の摺はらひ
暮にちらりと後家の積物
五月五日も毒の玉川
我分別のやうに薬湯
踊る時にハ袖が魂
雪の寒を止んて覚

---

浪人《ろうにん》の編笠斗《あみがさばかり》むかし物
心に無理《むり》の残る道心《どうしん》
よい男《おのこ》来る分散《ぶんさん》の礼
恥かしい所《とこ》を湯舟《ゆぶね》の摺《すり》はらい
暮《くれ》にちらりと後家《ごけ》の積物《つみもの》
五月五日も毒《どく》の玉川《たまがわ》
我分別《わがふんべつ》のように薬湯《くすりゆ》
踊る時には袖《そで》が 魂《たましい》
雪の寒《さむさ》を止《や》んで覚《おぼえる》

新らし過て凄い売家
橙一つなわしろへうく
稲葉の雲の中を鑓持
降初し日ハ遠い事五月雨
町内の月額青き死光
箸の先から見える光陰
また主の紋を着て居艸の庵
曾我の泪を目黒ても泣
めてたい役ハ鶴の預リ

---

新《あた》らし過《すぎ》て凄《すご》い売家《うりいえ》
橙一《だいだいひと》つなわしろへうく
稲葉《いなば》の雲の中を鑓持《やりもち》
降初《ふりそめ》し日は遠い事五月雨《さつきあめ》
町内《ちょうない》の月額《さかやき》青き死光《しにびかり》
箸《はし》の先から見える光陰《こういん》
また主《ぬし》の紋《もん》を着て居る艸《くさ》の庵《あん》
曾我《そが》の泪《なみだ》を目黒《めぐろ》でも泣《なく》
めでたい役は鶴《つる》の預《あずか》り

丗六オ

氷のうへに外科の挑灯
死ぬと忽人の金蔵
肘枕我身代ハはなれもの
おこりの落ぬうちハ丸腰
三ツ櫛のみつれハ欠る十二月
菊畑他人の蔵の雨雫
寒声も何そに腹の立た時
凱陣済んて後家の捨売
息て重りを付る羽子のこ

---

氷の上《うえ》に外科《げか》の挑灯《ちょうちん》
死ぬと忽《たちまち》人の金蔵《かねぐら》
肘枕《ひじまくら》我《わが》身代ははなれもの
おこりの落ちぬうちは丸腰《まるごし》
三ツ櫛《ぐし》のみつれば欠ける十二月《じゅうにがつ》
菊畑《きくばたけ》他人《たにん》の蔵の雨雫《あめしずく》
寒声《かんごえ》も何《なん》ぞに腹《はら》の立《た》った時
凱陣《がいじん》済んで後家《ごけ》の捨売《すてうり》
息《いき》で重《おも》りを付《つけ》る羽子《はご》のこ

ゆめの世なから人ハ寐道工
皃を見て居る琵琶の始
敷金の礼も言たき新まくら
玉手箱仕廻ふ時にハ皺たらけ
九年の陣へ見廻ふ女房
暦で尻を扣く仲人
水干をのれんに掛る八重葎
結納の済んた迄の我せこ
寐てか覚てか民の前帯

廿六ウ

---

ゆめの世《よ》ながら人は寝道工《ねどうぐ》
皃《かお》を見て居《い》る琵琶《びわ》の 始《はじまり》
敷金《しききん》の礼も言たき新《にい》まくら
玉手箱《たまてばこ》仕廻《しま》う時には皺《しわ》だらけ
九年《くねん》の陣《じん》へ見廻《みまう》う女房《にょうぼう》
暦《こよみ》で尻を扣《たた》く仲人《なこうど》
水干《すいかん》をのれんに掛る八重葎《やえむぐら》
結納《ゆいれ》の済んだ迄《まで》の我《わが》せこ
寝てか覚《さめ》てか民《たみ》の前帯《まえおび》

丗七オ

枇杷柊花の寒を言ひ合
不足を隠す娵の白粉
立身をしてかるい履物
夜着や枕ハ恋の下艸
哥ぬす人ハ大からな人
あたつて銭の戻る三弦
伊達過て小町ハもたぬ緋縮緬
神楽のうらへ廻るさむらい
葬礼の翌へ延て欲かしれ

---

枇杷《びわ》柊花《ひいらぎ》の寒《かん》を言い合い
不足を隠《かく》す娵《よめ》の白粉《おしろい》
立身《りっしん》をしてかるい履物《はきもの》
夜着《よぎ》や枕は恋の下艸《したくさ》
哥《うた》ぬす人は大柄《おおがら》な人
あたって銭の戻る三弦《さみせん》
伊達《だて》過《すぎ》て小町《こまち》はもたぬ緋縮緬《ひぢりめん》
神楽《かぐら》のうらへ廻《まわ》るさむらい
葬礼《そうれい》の翌《あす》へ延《のば》して欲《よく》がしれ

星二ツ三ツ雨もりの伊達
傾城の遠い思案も遠からす
うそ兀て後ロ合に夜か明
和尚の肝を咄す末の子
かくらおのこの細い衿元
千鳥ハ立て残る赤椀
埃リをはたく儒者の大声
聟へ盃戻る横雲
むかふ近江へ見せる稲妻

廿七ウ

---

星二ツ三ツ雨もりの伊達《だて》
傾城《けいせい》の遠い思案《しあん》も遠からず
うそ兀《はげ》て後ろ合せに夜《よる》が明《あ》け
和尚《おしょう》の肝《きも》を咄《はな》す末の子
神楽《かぐら》おのこの細い衿元《えりもと》
千鳥《ちどり》は立《た》って残る赤椀《せきわん》
埃《ほこり》をはたく儒者《じゅしゃ》の大声《おおごえ》
聟《むこ》へ盃《さかずき》戻る横雲《よこぐも》
むかう近江《おうみ》へ見せる稲妻《いなずま》

卅八オ

道具屋に逢ふ若竹の道
簞笥の多い鍛冶の六月
明荷の馬へまわる金剛
生延て子に呵らるゝつまみ喰
百日紅も通ひ路の数
傾城に笑れに行主おもひ
高尾か舌もまわる大年
西の河原を親の足早
頂戴したる若殿のうそ

道具屋《どうぐや》に逢《あ》う若竹《わかたけ》の道《みち》
簞笥《たんす》の多い鍛冶《かじ》の六月《ろくがつ》
明荷《あけに》の馬へまわる金剛《こんごう》
生延《いきのび》て子に呵《しか》らるるつまみ喰《ぐい》
百日紅《ひゃくじつこう》も通い路《じ》の数《かず》
傾城《けいせい》に笑われに行く主思《ぬしおも》い
高尾《たかお》が舌《した》もまわる大年《おおどし》
西《さい》の河原《かわら》を親の足早《あしばや》
頂戴《ちょうだい》したる若殿《わかとの》の嘘《うそ》

毒ハ廻りの早い借金

地震の跡の箸も一本

五人組から娵を見始

白禿斗残る飯台

我ほとの茂みの下に八から鉦

かな聾に蛇骨掘まけ

反から先へ習ふ鐘撞

ぬすみ課せて初のきのへ子

御仕着の下駄を親父に盗れる

廿八ウ

---

毒《どく》は廻《まわ》りの早い借金《しゃっきん》

地震《じしん》の跡《あと》の箸《はし》も一本《いっぽん》

五人組《ごにんぐみ》から娵《よめ》を見始《みはじめ》

白禿斗《しらくもばかり》残る飯台《はんだい》

我《われ》ほどの茂みの下に八《や》から鉦《がね》

かな聾《つんぼう》に蛇骨《じゃこつ》掘まけ

反《そり》から先へ習《なら》う鐘撞《かねつき》

ぬすみ課《おお》せて初《はつ》の甲子《きのえね》

御仕着《おしきせ》の下駄《げた》を親父《おやじ》に盗《ぬす》まれる

卅九オ

鼻を大事にせいと遺言
馬も立派に歩行朔日
二心ないと思へハ足の跡
十月の空を見て居物貰
罔両にも蔵ハよいもの
鮓桶のきのふにけふハ投出され
付さしも七合入ハちから業
松明の手元てもへる山かつら
あたりの飯のすへるとふらひ

---

鼻《はな》を大事にせいと遺言《ゆいごん》
馬も立派に歩行《ありく》朔日《ついたち》
二心《ふたこころ》ないと思えば足の跡《あと》
十月《じゅうがつ》の空を見て居物貰《いるものもらい》
罔両《かげぼうし》にも蔵《くら》はよいもの
鮓桶《すしおけ》の昨日《きのう》に今日は投げ出され
付《つけ》さしも七合入《しちごういり》はちから業《わざ》
松明《たいまつ》の手元《てもと》でもえる山《やま》かずら
あたりの飯《めし》のすえる弔《とむら》い

江戸の余波の山帰来呑
青山からも近いよしわら
おとこの中にすたるうたゝ寐
赤子の鼻を誉る座のしほ
物にかゝりの突出しを買
たいこの顔の残る墨染
時あかり女心をよろこはせ
瘧あけくの損をした皃
垣間見に美し同士の湯かこほれ

卌九ウ

---

江戸《えど》の余波《なごり》の山帰来呑《さんきらいのむ》
青山《あおやま》からも近いよしわら
男の中に廃《すた》るうたた寝《ね》
赤子《あかご》の鼻《はな》を誉《ほめ》る座《ざ》のしお
物にかかりの突出《つきだ》しを買《かい》
たいこの顔の残る墨染《すみぞめ》
時あかり女心を喜《よろこ》ばせ
瘧《おこり》あげくの損をした皃《かお》
垣間見《かいまみ》に美《うま》し同士《どうし》の湯《ゆ》がこぼれ

四十オ

妻の出立に余所目して居
兵庫の命室へ着く船
稲妻にその気の付ぬ門田守
焦るゝと言ふ人の夕くれ
看板を見ても入歯の哀也
仮名て書せる鴛の売上
橘丁に夜昼の顔
国家老日ハ赤〳〵と太夫買
惣身を耳とおもふ当言

---

妻の出立《でだち》に余所目《よそめ》して居《い》る
兵庫《ひょうご》の命室《いのちむろ》へ着く船《ふね》
稲妻《いなずま》にその気の付かぬ門田守《かどたもり》
焦《こが》るると言う人の夕《ゆう》ぐれ
看板《かんばん》を見ても入歯《いれば》の哀《あわ》れ也《なり》
仮名《かな》で書かせる鴛《おし》の売上《うりあげ》
橘丁《たちばなちょう》に夜昼《よるひる》の顔《かお》
国家老《くにがろう》日は赤々と太夫買《だゆうかい》
惣身《そうみ》を耳とおもう当言《あてごと》

刈人の丈ィも五尺のあやめ艸
湯屋の二階ハ侍の物
鯲を提て田の中を行
蝿をうつして代る関守
冬の牡丹の魂て咲く
きのふけふ起請の指の冷て居
無い歯を鳴らす百日の行
あふなからるゝ商人の衆
真向な顔の多い入舟

終

---

刈人《かりうど》の丈《せい》も五尺《ごしゃく》のあやめ艸《くさ》
湯屋《ゆや》の二階《にかい》は侍《さむらい》の物
鯲《どじょう》を提《さ》げて田の中を行く
蝿《はえ》をうつして代わる関守《せきもり》
冬の牡丹《ぼたん》の魂《たましい》で咲く
昨日今日起請《きしょう》の指の冷えて居《い》る
無い歯を鳴らす百日《ひゃくにち》の行《ぎょう》
あぶなかるる商人の衆《しゅう》
真向《まむき》な顔の多い入舟《いりふね》

寛延三午十月吉日
通本町三丁目
東都書林　松葉軒　萬屋清兵衛

四十一オ

松葉軒・萬屋清兵衛は、日本橋の南詰、本町通りにあった江戸の早い時期から宝暦頃までの書肆で井原西鶴の「本朝二十不孝」などの本や八文字屋本など上方の浮世草子から往来物、俳諧書など幅広く扱った。

『誹諧武玉川』は初編（寛延3年）から十二編（宝暦8年）を刊行。

東京新聞　2012年（平成24年）5月8日（火曜日）　したまち　地域の情報　22

諸願祈願
鹿野山神野寺
☎0139（37）2351

したまち

# 川柳誕生に道開く

慶紀逸没後250年

## きょう谷中で記念法要

## 「始祖とともに顕彰を」

川柳家が提案をして俳諧師である慶紀逸翁の供養と顕彰を行おうというのは、筋違いのようにも見えるが、川柳家は、川柳の「三恩人」（川柳三神とも）すなわち元祖の柄井川柳翁、流祖の呉陵軒可有翁、柳多留版元の花屋久次郎と合わせ紀逸翁を「恩人」として身近に感じていた。

紀逸250年は、過去帳の再発見を通して、紀逸翁に感謝する行事だった。

# 武玉川と川柳家

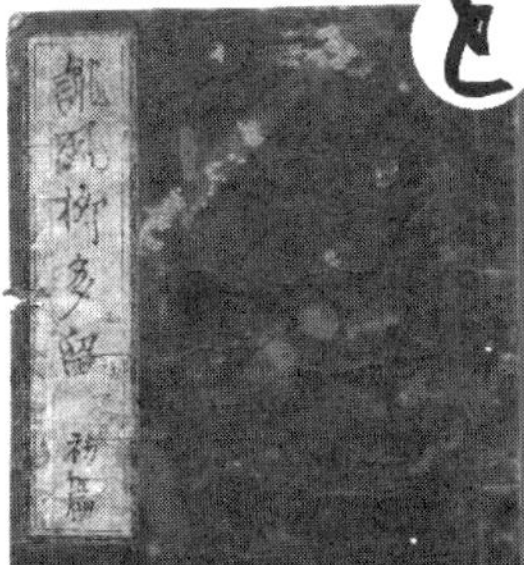

## 『誹諧 武玉川』と川柳家

『誹諧 武玉川』は、江戸座の俳諧書であるが、歴史的には、俳人や俳諧師より川柳家の方が身近に接してきたのではなかろうか。

「芭蕉の没後、江戸で都会趣味の句を作った一団体。とりわけ宝井其角《たからいきかく》系統の一派。遊蕩的で洒落と頓知を生命とした」（『広辞苑』）などと説明されるように、見方によっては、芭蕉の確立した格式を貶めたともみえるのであろう。

これが、爛熟した江戸中後期の都会風の気質とマッチし、江戸発祥の川柳という文化への素地ともなったのは確かであろうと思う。

川柳の原点である『誹風 柳多留』と『誹諧 武玉川』の間には、成立の経緯も作品の面でも共通点があることは、先人の研究で既に明らかにされている。

川柳評万句合《せんりゅうひょうまんくあわせ》の勝句《かちく》（入選句）に、『誹諧 武玉川』から多くの嵌《は》め句（ある種の盗用）があることも事実で、内容的な影響関係も大きい。

それゆえ川柳家は、『誹風 柳多留』とともに『誹諧 武玉川』も同列のバイブルとして教えられ、また大切にしてきたのである。

『誹諧 武玉川』には、川柳と同じ十七音《じゅうしちおん》形式の長句と十四字《じゅうよじ》の短句があるが、川柳家は、また「十四字」（十四字詩《じゅうよじし》とも）も自らの表現形式の一つとして十七音《じゅうしちおん》同様に行うこともしてきた。

早くには、大阪の素行堂《そこうどう》松鱸《しょうろ》が句会の勝句に十四字を採っている。明治新川柳では、阪井《さかい》久良伎《くらき》が勃興当初から『誹諧 武玉川』と十四字に触れ、実作を行っている。大阪の小島六厘坊《ろくりんぼう》も十四字を実作し、早くから川柳と十四字は、一体のように扱われていた。

私ども久良伎‐雀郎《じゃくろう》系にある者は、十四字についても実作の中で十七音同様に教えられてきた。だからこそ十四字も川柳であると認識するような先輩もあったであろうと思う。

２０１２年、私どもが「慶紀逸２５０年」の節目に、川柳家が相集って紀逸翁を顕彰する行事を行ったのは、そんな絆が川柳と『誹諧 武玉川』ないし紀逸翁の間にあったからだった。

### 『誹諧 武玉川』の概要

『誹諧 武玉川』は、慶紀逸選による江戸座俳諧の高点句集のひとつ。俳諧付句のうち「右付合《つけあい》の句々その前句を添侍るへき所を事繁けれハこれを略す」（初編序）という方針で刊行され、付句独立鑑賞への道を拓いたのが特色である。これ以前にも前句を省いた高点句集は、『誹諧 武玉川』よりも前、享保時代にも上方にあったが、直接川柳という文化に影響を与えたのは、目の前の『誹諧 武玉川』に外ならなかった。俳諧における句ごとの面白さに気付かせ、十四字（短句）を独立句として扱っていることに特殊性がある。作品は、俗談平語の人事句が多く情緒とユーモアに満ちた作品が多い。

**①書名について・・・**『誹諧 武玉川』（はいかい むたまがわ）。単に『武玉川』とも表記することあり。題簽《だいせん》の多くは「武玉川」のみ。初編から十編まで『誹諧 武玉川』として刊行され、十一編以降の続刊は、『燕都枝折』（えどしおり）と改題、十八編まで刊行。一般には、初編から改題後の十八編までを含めて『誹諧 武玉川』と呼ぶ。

**②編者について・・・**四時庵《しじあん》紀逸（慶紀逸。詳細後述。初〜十五編）。二世紀逸（四時楼英窓。十六〜十八編）

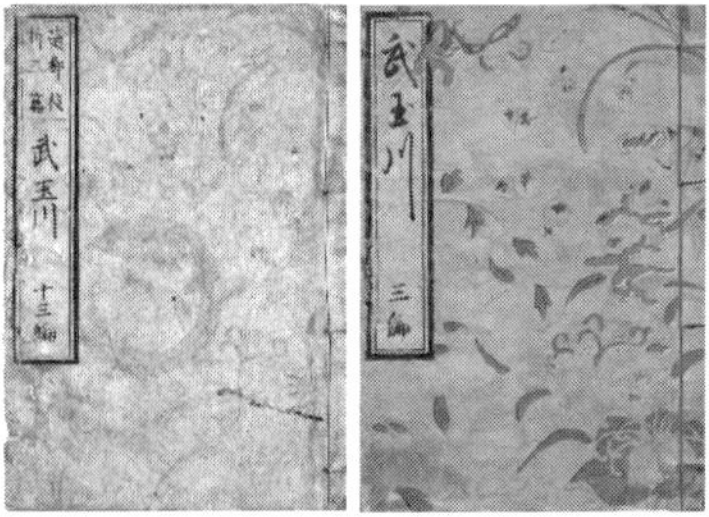


『誹諧武玉川』三編、十三編表紙

**③ 刊行時期について・・・**寛延3年（1750）に初編、宝暦2年（1752）続編が刊行され、以後年1、2回の刊行。宝暦11年に十五編。編者が代わり明和8年に十六編。安永5年（1776）、十八編で終了。

**④ 版元について・・・**一般には、以下のように説明されている。

**萬屋清兵衛**（初編～十二編）

・松葉軒・江戸・日本橋本町三丁目

**植村藤三郎**（十三編～十七編）

・江戸・通石本町三丁目角

**雁金屋儀助**（十八編）

・江戸・小石川伝通院前

しかし、朱雀洞文庫所蔵本の中には、植村藤三郎板の三編、雁金屋儀助板の十三編などがあり、

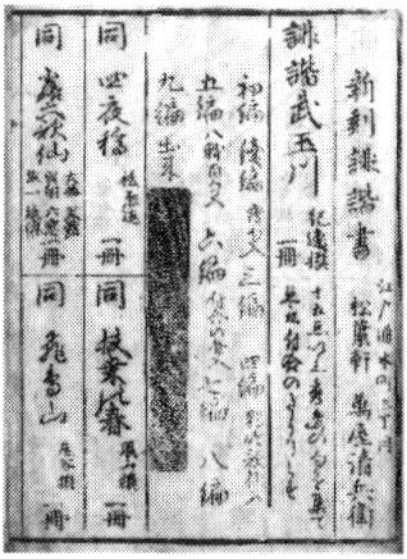

**六編奥付例** 松葉軒　萬屋清兵衛

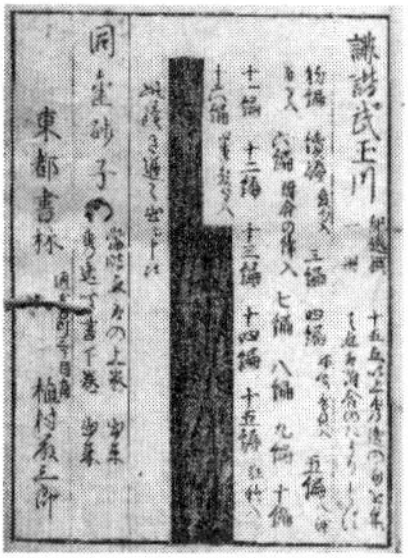


**十七編奥付例** 植村藤五郎

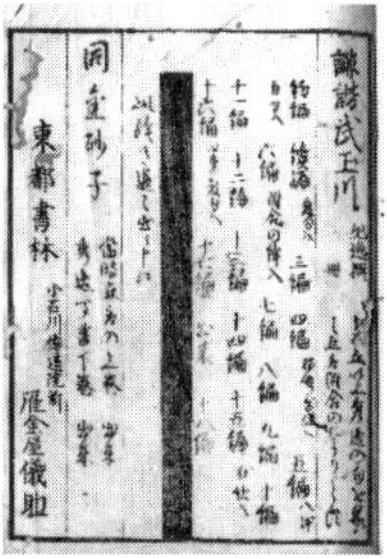


**十三編奥付例** 雁金屋儀助

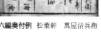

前の版元の旧板も引き継いでいるものもみられる。

また、後に大阪の浪華書林　西国橋　鈴木七右衛門、塩屋平助から出された再版本がある。

**⑤ 体裁について・・・**小型本（15.7×11.0cm 前後）。俳諧書でありながら当時の前句集の小型本の体裁を採用したのが特色。1丁18句。半丁（現在の1ページ体裁）に9句を配置。

初編は44丁（序3丁、句集40丁、奥付1丁）。その他は、最少33丁（十四編）から最大49丁（二編）である。

前句なし、作者名なしで半丁に9句という見やすいレイアウトは、版本サイズとともに基本的な体裁を後進の『誹風 柳多留』がそのまま継承している。ここにも川柳と武玉川の関連が見られて興味深い。

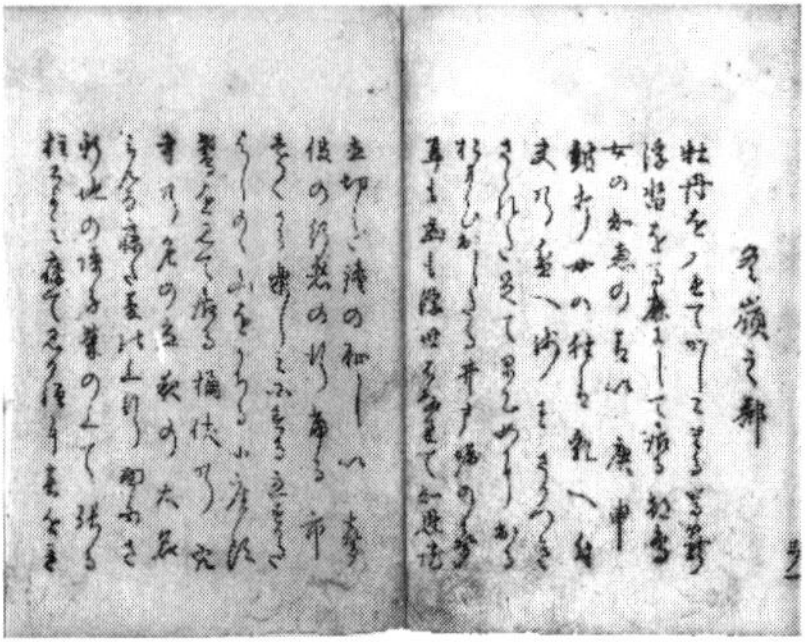
『誹諧武玉川』の句集部分体裁例（初篇）

## 慶紀逸翁

慶紀逸翁は、元禄8年（1695）江戸神田鍋町生まれ。本名、椎名件人。通称、兵蔵。椎名氏は、幕府の御用鋳物師《いもじ》で、五代目椎名伊予《いよ》の次男。鋳物師としては、紀逸は、椎名土佐《とさ》を名乗る。椎名家は、宝暦の初め、麹町一丁目の拝領屋敷へ移る。御切米二十四俵。

慶紀逸翁肖像（十篇扉絵）

母方の伯父は、麹町の平河天神別当天台宗龍眼寺住職で大亨法印。慶氏。俳名を湖東と名乗った。兄平蔵も白峰門で葉二と号す。

俳諧は、若くして松月堂不角（化鳥体、江戸風）に手ほどきを受け、その後、三田白峰《みたはくほう》（雪門）の丈室に10年程朝夕に通って雪中庵の正意を訪ね、添削を受ける。さらに、正徳元年（1711）頃、稲津祇空《いなづぎくう》（法師風）の門を叩き、其角《きかく》を問う。祇空からは「硯田舎」の号を授かり、享保18年4月23日、祇空の臨終まで交流。

享保18年（1733）「初老」を前に二世巽窓湖十《そんそうこじゅう》（江戸座）に側って万句合を行い、元文5年（1740）江都判者として立机し江戸座宗匠となる。別号、四時庵《しじあん》・

夜寒碑拓本

「史跡名勝天然記念物」45

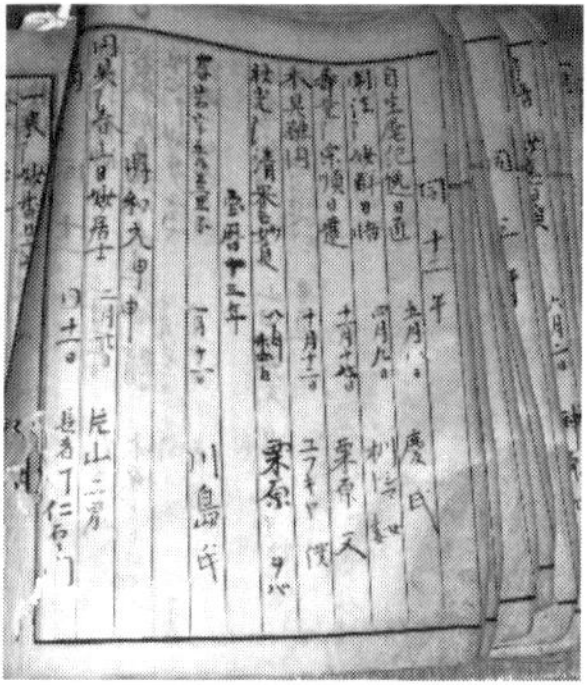

龍泉寺過去帳の紀逸翁

硯田舎《せきでんしゃ》・十明庵・自生庵《じしょうあん》・倚柱子《いちゅうし》・短長斎・不知仏・二世石霜庵・二世竹尊者など多数。宝暦期の江戸座俳諧の第一人者として活躍した。宝暦3年、関口の芭蕉堂近くに〈夜寒《よざむ》之碑〉を建立し、庵をむすぶ。これが後に〈関口芭蕉庵〉と呼ばれるようになったという。

宝暦12年（1762）5月8日、68歳で没。谷中の日蓮宗龍泉寺《りゅうせんじ》に葬られる。過去帳には「自生庵紀逸日匠　慶氏」とある。

俗言平話な人事句をよくし、景情兼ねそなえて卑俗に堕さず、一句立趣向の曲を求める風調は、後の川柳へ継承され、川柳の文化にとっても恩人の一人となった。

此《この》として《で》はしめ《初》てお目にかゝ《か》るとは弥陀《みだ》に向《むかい》て申《もうし》わけなし　（辞世）

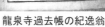

## 十四字の止めのリズム

ここで、川柳家が十四字《じゅうよじ》（「十四字詩」、「七七句《しちしちく》」、「短句」とも）を作る場合のリズムについて基本を述べておこう。十四字は、「7」＋「7」の「14音」に作ればよいというものではなく、この『誹諧 武玉川』をバイブル的存在として集約された基本的なリズムによって支配されている。

たとえば、

**津浪の町の揃ふ命日**　武玉川 初編

は、十七音形式の「長句」とともに扱われた十四音形式の「短句」である。

**死んで仕舞うて見ればよい人**　武玉川 13編

**覚える事は女房が勝**　武玉川 初編

**罪になるとハしらぬ寝すがた**　武玉川 18編

など、わずか14音という短いフレーズで、川柳同様の人間世界を切り取って見せてくれる。そんなこともあり、この十四字の形式は、古くから川柳家に親しまれ、研究もされてきた形式である。阪井久良伎翁は、明治の新川柳勃興期から十四字を川柳誌上で扱い、『誹諧 武玉川』を『誹風 柳多留』とともに教えの中に加えていた。その弟子、前田雀郎もまた、誹諧の平句に川柳の祖型を訪ね、「俳諧亭」

と号して、自然や歳時を取り入れた誹諧的な気品のある川柳をつくるとともに、歯切れの良い十四字もよくしている。

『誹諧 武玉川』の十四字は、川柳家にとって常に身近な存在であった。

十四字は、十七音とともに独立単句のように扱われてきた。ちなみに、この『誹諧 武玉川』初編には、717句中432句（約60％）の短句が見られ、川柳家にとって「武玉川」というと「十四字」と思ってしまう程、十四字の印象が強い。

十四字を作る時の教えの中に、

「四三止《しさんどめ》は避けよ」

ということが伝わってきた。七七の下の句におけるリズムの問題である。古い作品では、まず四三止を見ないが、最近の事情は変わってきた。

今日は、川柳の一般誌「川柳マガジン」にも「十四字詩」が競吟欄として設けられるほど普及してきたことは何よりも嬉しく、故瀧正治氏らの指導が功を奏し、選者によっては、しっかりと「四三止」を外す選がなされて、だいぶこなれて来た感があるが、困ったのは、私の元で長く学んでいる作家の中に、「四三止」を避ける理由を感じないし、リズムも気にならない…という者が少なくない。

私なぞ古い師弟関係で育った者にとっては、師の言は聴き逃さず、また疑義を挟まず忠実に受け継ぎ、破るにしても先ずは「守る」ことを旨として生きてきた。「守破離《しゆはり》」である。ところが、師弟というより「先生―生徒」という関係では、先生の言に疑問を持つ場合も出てくるのは当然なのかもしれない。

## 十四字の基本形式

かつて尾藤三柳が「川柳公論」149号の中でも示したように、基本形は6パターンの音数律をもつという。これは、過去の作品の分析から生れたものだが、

① 2句1章　14音節構成（8音歩2分節　2拍子8拍）

a類　Ⅰ　3・4-3・4　我にふり向く四月朔日　武7
a類　Ⅱ　3・4-5・2　二ツ鳴らして袖口の出来　武6
b類　Ⅰ　4・3-3・4　湯殿に少し尼の女気　武14
b類　Ⅱ　4・3-5・2　互に笑ふそもそもの文　武2
c類　Ⅰ　5・2-3・4　行水の戸を咳て押へる　武9
c類　Ⅱ　5・2-5・2　いろいろになる立聞の顔　武16

② 各句に夫々半呼吸の休止、音量的に上下均衡

③ 原則として3音（2＋1）、4音（2＋2）の音脚構成

④ 原則として動詞（現在形）1　＊例外↓戦後に多い

⑤ 原則として倒置構成（主語が句尾に）
⑥ 原則として一句一景の体言留め（名詞構文）
⑦ 有情的機知（ユーモア、ウイット）

というもので例外もあるが、おおよそこの分析に尽きている。

ちなみに、選者・慶紀逸翁も気合を入れて選考したであろう『誹諧 武玉川』初編を克明に見ていくと、左表のような分析ができる。

「３４－３４」
「３４－５２」
「４３－３４」
「４３－５２」
「５２－３４」
「５２－５２」

が基本形であることは、構成比約93％からも明らかであろう。

| 上 | 下 | 句 | 構成比 |
|---|---|---|---|
| 34 | 25 | 1 | 0.2% |
| | 34 | 90 | 20.8% |
| | 52 | 42 | 9.7% |
| 43 | 25 | 1 | 0.2% |
| | 34 | 157 | 36.3% |
| | 52 | 71 | 16.4% |
| 52 | 25 | 1 | 0.2% |
| | 34 | 25 | 5.8% |
| | 52 | 17 | 3.9% |
| 25 | 34 | 16 | 3.7% |
| | 52 | 8 | 1.8% |
| 7 | 34 | 3 | 0.7% |
| | 52 | 1 | 0.2% |

その他に、特徴的なのは、上句の「25」や「7」、下句の「25」という留めの形であろう。一例を示してみよう。

**手を握られて良ハ見ぬ物**

てを[2]・にぎられて[5]／かおは[3]・みぬもの[4]

意味の塊で区切れば「2・5」は、直ぐ分かるだろう。この形式が上の句にある形式は、比較的多く5．5％と、基本形の「5・2-5・2」よりも多い。

**安弔ヒの蓮の明ほの**

やすとむらい[6]・の[1]／はすの[3]・あけぼの[4]

「安弔い」は、6音の意味の塊と助詞「の」がついて句を構成。音の連続としては「7-34」ないし「安」を接頭語と見て、読み方（音律）とすれば「2・5-34」と分類も可能だろう。この形式はとても特殊だが、このスタイルが1％弱みられる。

| 形式 | 上句 | | 下句 | |
|---|---|---|---|---|
| 34 | 133 | 30.8% | 291 | 67.4% |
| 52 | 43 | 10.0% | 138 | 31.9% |
| 43 | 228 | 52.8% | 0 | 0% |
| 25 | 24 | 5.6% | 3 | 0.7% |
| 7 | 4 | 0.9% | 0 | 0% |
| 計 | 432 | 100.0% | 432 | 100.0% |

**殿の禁酒に夜ハ捨り行**

とのの[3]・きんしゅに[4] ／ よは[2]・すたりゆく[5]

これも「よはすたり・ゆく」と「5・2」にもとれるが、「は」は主格の助詞であり「よは・すたりゆく」（「2・5」）とした方が意味の切れとしてもリズムとしても自然であろう。

さて、上の句、下の句の形式別に表を作り替えると、前ページ表の通り。上の句の音律構成に比べて、下の句の構成は、ほぼ「34」と「52」だけでほぼ全てである。例外は、「2・5」形式が数句のみ。

これで下句の「4・3」止めが無いということがわかるだろう。

先達の韻律に対する敏感さがそうさせたものと思う。

では、なぜ「4・3」で止めることが、「十四字」の下句に向かないかということを考えなければならない。

それには、都々逸の初句、二句のような連続した「七七」ならば、「34－43」が調子よく、同じ「七七」でも独立単句としての十四字では、「四三止」が律調を崩すということを示さなくてはならない。

個人的には、「四三止」の句を読むとき、十四字としての「切れの無さ」を感じる（感じる…では、困る）ものだが、これに確かな証を与えないと他を納得させることは難しいだろう。

すこし、理屈で考えてみたい。

わずか14音の句が、独立単句として鑑賞しうる形式を備えるためには、和歌の下の句の七七や都々逸の初句二句の七七のような部分とは異なり、十四字としての律格が求められよう。

まず、日本語の短詩のリズムを分析するには、〈音歩説〉や〈等時音律説〉がある。まだ、絶対的な説として確立していないようではあるが、次の事は、前提として受け入れられよう。

かな1文字＝1音節（日本語発音上の最小単位・モーラ）

拍　　＝2音節（または2モーラ…フット）

句　　＝4拍　（五音、七音共通）

という枠がある。

十四字の7音の句の場合は「4拍」であり、句中に1／2拍（1音分）の休拍を置くことになる。

十七音の場合、三句体の中に3／2休拍という長い間を持つが、十四字では、十七音のように句中に深い切れ（空間）を持たない異質の緊縮感が特徴である。

さて、十四字の上の7音と下の7音の間には、半呼吸（1拍）の休止を置くことによって全体を安定化させている律格構成になっている。これは、感覚的なものであり、音歩説や等時音律説とは、少し違う設定といっていいだろう。これが、十四字独立のヒントでもある。

十四字の一句を形成する八拍・八拍の枠は、

○○○○○○○○　○○○○○○○○

という形式で図示することが出来るだろう。

さて、この中で、○○で示される枠の中の2音は、接合しやすく、○○や○○で示されるような2音の関係は、分離しやすい関係にあるといえる。すなわち、二拍ずつのくり返しリズムが生かされるような関係になるために必要な枠組みである。

ここで参考になるのが、和歌の七音のリズムの「流れ」「よどみ」などについて分析を与えた尾道短期大学の寺杣（てらそま）雅人先生の「リズムにおける流れとよどみ――拍節群化の二重性について」（「尾道短期大学研究紀要」巻41号、１９９２）という論文である。

都合の良いところだけ利用させて頂けば、まず、七音の構成において二音ずつの期待される群化、文節の接点は、◎ないし○で示される位置であり、◎は○より上位の接点と考えられる。

　1 2 3 4 5 6 7 8
＝◎×○×◎×○×＝

具体的に意味のある「風・光・水」を入れて十四字風に読めば、

＝◎×○×◎×○×＝　5・2型
＝カゼヒカリ　ミズ＝

＝◎×○×◎×○×＝　4・3型
＝カゼミズ　ヒカリ＝

＝◎×○×◎×○×＝　3・4型
＝ヒカリ　カゼミズ＝

といった割り当てになる。それぞれ、読んでみていただきたいが、「5・2型」としたものは、多少の遅滞を感じるだろう。「よどみの句」と言えそうである。

それに比べると「4・3型」は、テンポよく流れ、次に続くようなリズムである。それは、コトバがリズムの中で群化されない部分があり、次の安定を求める傾向が強いことによるのだろう。

「3・4型」は、読みようによって落ち着いた終止ともとれるし、また、次に続くことも拒まない。

特に、十四字の場合のように、一句の独立性を意識して句の中に1／2拍の休止を置いて読むと、「4・3型」の句は、止まらずに次に続く気配が強くなってしまい、これが二句目（下の句）に置かれると、句の独立性が希薄になるということだろう。

わずか14音という短い音節の中で、律調をもった独立性を得ようとする時、「四三止」は、不利に働くということである。

和歌の場合、七七の短句部分は、全体の45％ほどであり、この部分の影響は、七七が100％の部分を構成する十四字と異なり、「四三止」も内容によっては許され、また効果的である場合もあるかもしれないが、十四字では難しい。

理屈をこねた四三止についての古い誹諧論をまだ目にしたことがないが、紀逸翁のような先達の肌感覚として、誹諧から独立性の高い十七音、十四字を抜き出した『武玉川』に、四三止を見ることがないのだろうと思う。

伝統のリズムを「壊す」ないし「逸脱」をすることを新しさとして、「四三止」の十四字を作ることは吝かではないが、その時作者は、そのリズムの絶対性を読者に納得させるだけの作品を与えねばならない。多少の推敲でリズムが整えられるようであれば、それは、絶対的な表現には当たらないだろう。

現代の言葉は、古いコトバのリズムと違い偶数音も多く、別に「四三止」であっても良いではないか…と、言い張る向きもあるが、それなら、十四字などという器に拘ることも無用であろうし、何でもありの無法地帯になってしまう。

もちろん、私も「四三止」を全否定するという立場ではないが、このことを考え続けることが、定型の器を守りながら、その中で新しい表現を見出す伝統文芸の在るべき姿ではないかと思う。

それを考え続ける根気の無い者は、純粋な作家として「四三止」の句をつくることは自由であり、そこから新しいリズムが生まれることもあろう。

ただ、今後作家らの研究において「四三止」の有用性が実証されてくるまでは、「四三止云々」などの評価を軽々しく口にしてはならないと思う。

まずは、『誹諧 武玉川』の句を吟味し、そのリズムを身に受けると、自ずと十四字表現におけるリズムが生まれ出て来ると思う。

# 慶紀逸略年表

先行の慶紀逸年表には、浜辺香澄氏の「慶紀逸年譜稿」(「大妻国文」第8号、昭和52年3月)がある。また「川柳年表データベース」(Web川柳博物館)に、川柳側から記されたものがある。この二点の資料をベースに、加藤定彦氏の講演録および紀逸の著述等の原典資料や他の文献資料等から上記年表に洩れた記述を追加して、年表を再構成した。やや詳細になりすぎたので、ここでは主要事項を示し、原典に当たれず、複数の史料で食い違う記述については、仮に判断した。


元禄8(1695) 幕府御用鋳物師《いもじ》・椎名《しいな》兵庫(後に伊豫)の次男として、江戸・神田鍋町(現・神田鍛冶町)に生まれる。

名は件人。通称兵蔵。また鋳物師としては〈椎名土佐〉を名乗る。

兄は、家督後に椎名伊豫(号・許人。白峰門)を名乗る。

また、妻・れん(れん女)も俳諧を嗜む。

「若年のむかし」というので元服前であろうか、父の旧友・松月堂不角(立羽《たちば》不角《ふかく》、岡村不卜《ふぼく》門)により五七五の道に入るという。

予若年のむかし松月堂不角法橋ハ父の旧友なれは、これにたよりて五七五の文字を袖にかそへて麓の道に入り侍る（武玉川九編序）

また、三田白峰の丈室に通い、添削を請い俳諧を深める。

その頃ハ莫々たる柳塘のほとりに住て、風琴子白峰の丈室にわつか五十歩を隔たれば、朝夕《あした》ゆうへに柴戸を推敲して、雪中庵の正意を尋ね、添削を請て三ツ物に組む事十年余也（武玉川九編序）

正徳1（1711）17歳　この頃、青流洞敬雨（＝稲津祇空。この年、祇空は、隅田川のほとり庵崎に有無庵を結んでいる）の門を叩く。祇空により「硯田舎」の号を授かる。

享保2（1717）18歳　白峰歳旦に、三ツ物連中として参加。白峰は嵐雪門。

享保3（1718）24歳　（この年、柄井八右衛門生まれる）

享保13（1728）34歳　大練舎桃翁編『紫微花』中、歌仙に5句、発句2句。

享保14（1729）35歳　「売若葉句闘《くあわせ》」慶紀逸・堤樗才編。吟市序。今更跋。十番句合に白峰・敬雨（祇空）判。祇空は蕉門、宗祇を敬慕。

この頃の俳諧書『俳諧四季の岸』（廻文堂琴峯撰）に「紀逸」の句。

菊作り牡丹つくりの隣か菊　紀逸

享保16（1731）37歳　箱根湯本・早雲寺境内の祇空草庵・石霜庵を訪ね祇空の臨終まで交流。祇空指導のもとに『五色墨』を刊行。江戸座の譬喩俳諧から祇空の法師風、そして地方系蕉風へと転換、蕉風復興への端緒。

享保17（1732）38歳　雀下庵沾涼編『綾錦』に紀逸の句1句。

**時津風加えて草の餅むしろ　紀逸**

享保18（1733）39歳　「初老」を前に巽窓湖十《そんそうこじゅう》（二世）に側って江都判者として立机、宗匠となる。4月に「四時庵」を結ぶ。

時に年初老に近く世に随へる産行とてもあらされハ、此道に入て静に生涯を息ふへしと、親しき人々の異見に応して、巽窗前の湖十法募と成万句興行の時、

からたちのみかたに厚き垣根哉　前湖十

斯て江都判者の烈席に加り机上に句をわかつ事と成ぬ（武玉川九編序）

『六物集《ろくもつしゅう》』（祇空追善集・『関東俳諧叢書』11巻）

祇空継承者を自認。城西四時庵紀逸と署名。

7月、「臥竜梅」刊行。

**ぬき捨てし草鞋ばかりの枯野哉　平河天神別當　湖東**

この年、の石霜庵において祇空の様態が思わしくなくなり、紀逸は、同所を訪ねる。４月23日、祇空没（享年71）。

享保19（１７３４）40歳　この年から慶紀逸編の『平河文庫』はじまる。楼川序。茶外紀逸独吟歌仙に「去年卯月の末つかた」四時庵を結ぶと前書き。

享保20（１７３５）41歳　『平河文庫』楼川序。巻頭三ツ物は、湖東、紀逸、部皐（田社）。湖東は、平河天神別当竜眼寺住職・慈運大亨。水光洞祇徳編『誹諧句選』祇空追善集に発句一句入集。

盗人の宕にも一夜麻そ鳴

羊素編『俳諧玄々集』に発句一句入集。

元文２（１７３７）43歳　祇空七回忌追善集『俳諧夏つくば』を編む。石霜庵二世不知仏紀逸と署名。『御撰集』（この年か？）の名録に「御用鋳物師　許人　椎名兵庫」「〃　紀逸　同土佐」とあり。

元文３（１７３８）44歳　貞林等編『卯月庭訓』下に発句一句入集。

元文４（１７３９）45歳　四時庵慶紀逸編『飛鳥山』（出版者不明。同年跋。扉題「俳諧新撰飛鳥山」）

包まれて中をお花のおかわ哉　紀逸
竹山をとも春八三味線　紀逸
萩庵知園斎江川百州編『俳諧玄々集』に発句一句入集。
千鹿撰『卯花月』（祇空七回忌集）に
江都に先師の跡を継て
瓜蔓の茄子ながらも手向けり　東部　紀逸
元文5（1740）46歳　紀逸、其角座宗匠として万句を興行を開催。
元文6（1741）47歳　1月、四時庵紀逸編『平河文庫』（壽板堂青陸刊）
歳旦
あるひとを俄に連り花の春　紀逸
平河社黍之唫
前にして録く鏡はむめの花　紀逸
6月、『俳諧吾妻舞』刊行。2巻（存1巻）上
寛保2（1742）48歳　江錦舎吐糸編『玄湖集』下に紀逸発句の歌仙。
1月、楼里先編『華守』に発句一句と歌仙に入集。
寛保3（1743）49歳　10月、深巽窗湖十編『ふるすたれ』に序文と入集。

松堂貞鶴編『あしの角』に発句一句入集。
『沢村訥子送別句集』に発句一句入集。
水巴編『庭柏』に発句一句と歌仙中に入集。
芳室編『蓍《めどぎ》之花』の歌仙に紀逸入集。
この年、師のひとり白峰没（享年72）

寛保4（1744）50歳　四時庵紀逸編『俳諧春帖発句集』（出版者不明）

一口に云れて為し松と梅　　紀逸
あたらし暦はなの番附　　紀逸

『鳥なし三吟』
この頃、「江都誹諧判者宿坊」に「麹町壱丁め新道　慶紀逸」とあり。

延享2（1745）51歳　この年〈延享廿歌仙〉（〈江戸廿歌仙〉）の独吟歌仙の発句に次の句がある。

風ひかぬ人の日比やあじろ守　　紀逸

この句について、後の宝暦2年序の蓼太著述『雪颪』に「動く句」であるとの評あり。この句の直筆短冊が、朱雀洞文庫に所蔵されている。

鵑翁露月編『宝の槌』に発句三句。

尾雨亭果然編『時津風』に発句一句。

『宗匠点式并宿所』（蜂巣編）に「其角座　糀丁はやぶさ丁うらの小路（改定本では「糀丁一丁目うしろこ」」とあり。

延享3（1746）52歳　四時庵紀逸編『鶏旦賀章』（出版者不明）

この年、伯父であり麹町平河天神の別当・天台宗竜眼寺（江東区亀戸3－34－2）住職の大享法印（俳諧師として湖東と号す）、ある事件に連座して八丈島へ流罪となる（宝暦4年5月、同島で没）。これにより紀逸は、平河天神の別当を預かる。

延享4（1747）53歳　巻石・白暁編、白峰追善集の『黙止』に序、歌仙入集。

4月23日、父・兵庫没。二世湖十没。

延享5（1748）54歳　慶紀逸編『延享五歳旦』（吉田木童板）

祇空堂羊素著『俳諧問答抄』に発句一句入集。

信鳥編『ふた見形』に序を寄せる。

寛延2（1749）55歳　蜂単編『宗家点式迸宿所』に紀逸の点印。住所は「糀町一丁目うしろ」とあり。

寛延3（1750）56歳　10月、江戸座俳諧の高点附句集『誹諧武玉川』初編刊。特長・小型本。前句を省く。一人撰の5点以上の高得点句だけを掲載。書肆・江戸通本町三丁目、松葉軒　萬屋清兵衛板。

この年、点印を改める。

寛延4（1751）57歳　初秋、『誹諧武玉川』二編（萬屋清兵衛板）

橘庵六窓編『老の鶯』に発句一句。

梅郊編『秋山玉山』に発句二句。

この頃、椎名家は、麹町に拝領屋敷を得て神田から移る。

宝暦2（1752）58歳　正月、『誹諧武玉川』三編（萬屋清兵衛板）

9月、『誹諧武玉川』四編（萬屋清兵衛板）

珠来ら編『江戸十余歌仙』に発句一句。

達斎範路編『三幅対』に発句一句。

風窓湖十編『眉斧目録』一～八編に紀逸の句。

雁宕・阿誰編『反古ふすま』に発句二句。

水鳥に狐がついて寝ぬ夜かな　紀逸
両袖は上へ畳むや冬牡丹　紀逸

竹阿編『松の答』（馬光百ケ日追善集）に発句一句。
風窓湖十編『新石なとり』に跋文を寄せる。硯田舎紀逸
この年、点印を改める。二回目。
この年、蓼太の『雪おろし』に紀逸の句評。
この年、『誹諧童《わらべ》の的』（竹翁編）初編に紀逸の高点附句と評判を収録。

宝暦3（1753）59歳　初夏、『誹諧武玉川』五編（萬屋清兵衛板）
関口芭蕉庵に〈夜寒の碑〉を建立、庵室を建てる。

二夜鳴ひと夜ハさむし　きりぐす　紀逸

紀逸編『夜さむの石ぶみ』（萬屋清兵衛板）
暁雨編『新撰むさしふり』に発句一句。
珠来ら編『江戸十余歌仙』に発句一句。
僊鼠亭扇裡編『ゐひくらふり』に発句四句ほか歌仙に句。

夜寒の碑
〔関口芭蕉庵〕

宝暦4（1754）60歳　『誹諧武玉川』六編（萬屋清兵衛板）
『誹諧武玉川』七編（萬屋清兵衛板）
『諸国珍話　諺種《たとえぐさ》初庚申』5冊（藤屋清兵衛、浅倉屋久兵衛）
（存1巻）1之巻　硯田舎紀逸
『雑話抄』　四時庵慶紀逸　東都　鶴本平蔵　四時庵慶紀逸
『誹諧童の的』初編に「紀逸点」
丹志編（紀逸校合）『其飛佐古』（早稲田）に紀逸の発句34、歌仙に18句。

名月やこよひもひとり榻の下　紀逸
冬こもりむかしは内に居ぬ人そ　紀逸
かくすとすれど恋に尾が出る　紀逸　（歌仙）
年を限りに縄を索く上げ
梢をつかみさかす十月　紀逸
豆腐を取に行くも松明

扇裡編『かなへの集』の百韻に14句。
一磨編『誰ため』に発句1句。
5月4日、前龍眼寺別当・大亨法印は八丈島で客死。

この頃刊行の高点句集『俳諧金砂子』上下（晩成斎編）に紀逸の序文。
宝暦5（1755）61歳　『誹諧武玉川』八編　萬屋清兵衛
うつり気の一口づつや花の蝶　紀逸
『櫻五歌仙』倚柱子紀逸編
『梅巡札』
『硯の筏』（丹志編）紀逸点
この年の3月14日、兄・椎名伊予没（享年63）。この頃、紀逸の母没。
この年、点印を改める。三回目。
この年、椎名家を継いだ平蔵により幕府へ書上が提出される。（大田蜀山人『家傳史料』）

宝暦6（1756）62歳　『誹諧武玉川』九編（萬屋清兵衛板）
『誹諧武玉川』十編（萬屋清兵衛）四時庵倚柱子紀逸と署名。口絵に紀逸肖像（井正程画）を配す。
この年、二度点印を改める。四、五回目。
許人追善俳諧集『現之縁』（許人一周忌追善集）倚柱子紀逸
夢にも結びて親子と成、うつ、にかたらへて兄弟となり……

宝暦7（1757）63歳　『燕都技折』初編（萬屋清兵衛板）倚柱子紀逸
『東風流難語　俳諧歳花集』（俳諧歳華文集）5冊　四時庵倚柱子紀逸
この年霜月、点印を改める。六回目。
（この年の8月25日、初代川柳評第一回開キ）
岩本梓石『百家俳伝』に・・・。
宝暦8（1758）64歳　『燕都技折』二編（萬屋清兵衛板）紀逸の「歌仙行独吟」が巻末にある。巻頭の役の句のみ。

うくいすよ寝てハならぬそ月のむめ
宵から五ツ迄か千両

春なれや絹て越たる雨ふりて

『むめの吟』（扉『八合帆』、萬屋清兵衛板）
米徳［ほか作］倚柱子紀逸
『燕都技折』三編跋に、

初秋より手足をなやみて起居自由ならす年を越て病床に伏し、万事怠りかちに成に、…

とあり。この年、病臥がちになる。

宝暦9（1759）65歳　1月、『燕都技折』三編（植村藤三郎板）
9月、『誹諧近道』（高点附句集）十明庵紀逸

宝暦10（1760）66歳　9月、『燕都技折』四編（植村藤三郎板）
『温泉名所記』
『黄昏日記』十名庵紀逸著（江戸呉服町・萬屋彌市郎／江戸通本石町・前川權兵衞共同刊行。跋・米花庵田社）十明庵紀逸

三宅島の流人独吟一巻をなして点願ハしきよしを申こし侍るぞの巻の奥に申せし侍る*

物書けはとをくて近しはま千鳥　紀逸

この年、点印を改める。七回目。

宝暦11（1761）67歳　9月、『燕都技折』五編（植村藤三郎板）
ほかに『梅華集』などの編著がある。
この年、点印を改める。八回目。
宝暦年間刊の『冬至梅宝暦評判記』に「宗匠の随一」と称される。

宝暦12（1762）68歳　『祇貞歳旦帳』

大尾　鶯に年こそかくれ屏風山　紀逸

5月8日没。谷中の日蓮宗龍泉寺（台東区谷中5－9－26）に葬られる。過去帳に「自生庵紀逸日匠　慶氏」とあり、また、椎名氏の菩提寺である浄土宗了源寺（台東区元浅草3－17－5）の「椎名家過去帳」の紀逸の戒名は、「自生庵不知仏紀逸居士」と記されている。

辞世　此としてはしめてお目にか、るとハ
　　弥陀に向て申わけなし
（この歳で初めてお目にかかるとは弥陀に向かいて申し訳なし）

同年、米花菴田社編で百か日に紀逸追善集『句経題』刊行。辞世の歌とともに「自生菴紀逸像」がある。

『句経題』の挿絵を元に再構成した「紀逸翁像」

あとがき

川柳家にとって、やはり『誹諧 武玉川』はバイブルの一つであり、帰る事の許されるこころの故郷である。

句会での競吟の合間に自らの文芸のルーツを訪ねる時間があってもよいのではなかろうか。

コトバの修練において、より短い形式に挑戦することは、十七音形式の作品にもきっと効果が表れるだろう。

いや、『誹諧 武玉川』の名句の数々は、読むだけでも川柳家の心の糧になるだろう。

（十六代川柳）

川柳公論叢書 第5輯 ②
誹諧 武玉川 初編
○
2021年6月5日 初 版
編 者
尾 藤 川 柳（十六代）
発行人
松 岡 恭 子
発行所
新 葉 館 出 版
大阪市東成区玉津1丁目9-16 4F 〒537-0023
TEL06-4259-3777 FAX06-4259-3888
http://shinyokan.jp/
印刷所
明誠企画株式会社
○
定価はカバーに表示してあります。

ISBN978-4-8237-1061-2